勿忘心安

邝立新 著

古吴轩出版社

图书在版编目（CIP）数据

勿忘心安 / 邝立新著. -- 苏州 ：古吴轩出版社，2021.1（2021.4重印）
ISBN 978-7-5546-1689-5

Ⅰ. ①勿… Ⅱ. ①邝… Ⅲ. ①散文集－中国－当代 Ⅳ. ①I267

中国版本图书馆CIP数据核字(2020)第267931号

责任编辑：韩桂丽
见习编辑：沈　玥
封面设计：私书坊_刘俊
封面绘图：龙　欢
责任校对：周　娇　李　倩
责任照排：杨　洁
插图摄影：欧昌佳

书　　名：勿忘心安
著　　者：邝立新
出版发行：古吴轩出版社
地址：苏州市八达街118号苏州新闻大厦30F　　邮编：215123
电话：0512-65233679　　传真：0512-65220750
出 版 人：尹剑峰
印　　刷：苏州市大元印务有限公司
开　　本：880×1230　1/32
印　　张：7.75
字　　数：169千字
版　　次：2021年1月第1版
印　　次：2021年4月第2次印刷
书　　号：ISBN 978-7-5546-1689-5
定　　价：45.00元

序言

文学是对我们的一种奖赏

收在邝立新散文集《勿忘心安》中的文章分了四辑，主要内容囊括了作者感怀至深的城市记忆和乡村生活。

关于城市记忆的部分，许多文章读来有特别的亲切感。

他主要写了南京、苏州和武汉，这三座跟他的人生发生过特别的交集的城市。南京，是我度过四年大学生活的地方。作者所提及的鼓楼地区，汉口路、青岛路、上海路、山西路、鼓楼广场、新街口，等于是带我又一次旧地重游。先锋书店五台山总店，是我大学毕业离开南京后又不时去打卡的书店。书店与城市的关系，诚如作者所言："好的书店之于城市，与伟大的文学家、诗人之于城市的意义相比毫不逊色。"（《鼓楼流水账》）我曾在先锋书店做过几次活动，作者这样描述自己的观感："我曾参加诗人小海的新书发布会。那是一个很冷的冬天，他的朋友大多是小说家、诗人。大家聚在一起，说起以前写诗歌、办诗刊的往事。在我听来，好像是很遥远的

故事，散发着二十世纪八九十年代的迷人气息。”(《鼓楼流水账》)

南京被评为文学之都，也因了它良好的文学生态。至今，想起南京，就会想起韩东等一群老友们，他们箪食瓢饮，不改初心，依然坚守着文学的阵地，他们是南京这座城市的骄傲。

一座城市能够吸引人，还在于它独特的个性与禀赋。在千城一面的大背景下，苏州能够成为少数例外的城市，依托的是文化与传统，这也是它创新与活力的源头活水。许多地方在揣摩如何讲好一座城市的故事，而在众多的文学艺术作品中，却在不断演绎着苏州这座古城的传说与神话。

我特别赞同作者对苏州的评价，“苏州是一个回归人性的城市”(《苏州掠影》)。对于不少移居苏州的诗人、作家等艺术家们来说，苏州不仅仅作为一种文学地理，进入到他们的作品之中，这座江南城市的气质和禀赋还给了他们全新的生活与体验。作者写到像他一样来到苏州的外地朋友们：“他们直接参与苏州文化创造，进而获取进入苏州灵魂深处的秘密钥匙。他们可以理直气壮地说：‘我是苏州人。’”(《苏州掠影》)是的，城市是文明的产物，而文化与文化人又赋予城市以生命与灵魂。

对城市旅行者来说，感知较深的除了市井人情、街景风貌外，打交道最多的就是旅馆与床。“旅馆是城市的附着之物，也是城市的隐秘之所。如果城市是一座高山，遍布各个角落的旅馆就是山上的一个个洞穴，温暖潮湿，遮风避雨，带着史前人类的气息。旅馆给城市过客一处栖身之地，一张可以休憩的柔软大床，一个随时释放热水的淋浴喷头，一扇推开便能看见街道风景的窗户。让旅客们暂时放下日常生活的一切，离开熟悉的场所、熟悉的朋友，享受片刻的安逸或放纵。”(《旅馆畅想曲》)当然，城市和城市之间的比较，没有亲历贴己的体验，终究会有隔膜。一个人能否适应一个城市，“体感”特别重要，就像每夜安置自己入眠的一张床，舒适与否，身体知道。“房间里有两张床。每天睡哪一张，常常让人纠结。自从女儿来过我房间，并把这个地方称为‘两张床’后，我就开始考虑这个问题。之前长期睡东面这张，熟悉床垫结构，身体无意识地陷入这些轻微的凹凸起伏中，随即进入沉睡状态。西侧的床静悄悄的，一言不发。有一日又换了另一张床睡。许久不躺这床上，床单浆洗后的味道进入鼻腔，带着陌生人的气息。”（《旅馆畅想曲》）作者浓墨重彩地描摹了自己求学与工作的几个城市，读者从字里行间感受到，比较和选择一个城市，有时也像作者从两张床里选择合适的那张床一样，面临选择困难症。

中国社会这三四十年的城市化进程里，仿佛浓缩了西方数百年甚至上千年的历史。包括我们这一代人在内的无数人，见证了数以亿计的人口从农村进入城镇。在这个过程中，人们对城市的认同，人们的心理嬗变，不仅止于一种生活方式的改变。大家能够在拥挤的大城市中生活，正是因为彼此的包容性和调适性。作者毫无疑问地写出了城市对人的改造、规训，城市生活的百态万方，以及城市在人性深处留下的烙印。

作为冷静的观察者，他写下了城市里的芸芸众生相：“屋后有一座小公园，附近居民常在此活动，创造出各式的锻炼方法。一个健壮男子每天清晨身穿太极服，用手掌用力击打香樟树干，发出有节奏的‘啪啪’声（可怜的树！）。一个白发老头快速倒走，很少回头，却从未走偏，好像后脑勺长了眼睛。一群中年女子聚在一起，面无表情地跳着广场舞。还有人像瑜伽大师般，在草地上铺一块垫子，将身体蜷曲成怪样子。”（《女租客》）

说到这里，我忽然想起两位俄罗斯作家笔下的城市——圣彼得堡。诗人普希金在他的著名诗篇《青铜骑士》开头，就写到彼得大帝剑指欧洲的磅礴气势："我爱你，彼得兴建的城／我爱你，严肃整齐的面容。"这也是一座让普希金爱恨交织的城市："壮美之城，乞丐之城／奴隶的氛围，灿烂的面容／你的天堂拥有浅绿色的拱门／还有无聊，冰凉，花岗岩的优雅。"

而陀思妥耶夫斯基笔下的圣彼得堡是这样的："每当我走在大街上的时候，好像每一栋房子都会跑到我的面前，敞开所有的窗户，对着我差点说出声来：'您好啊！您身体怎么样？托上帝的福，我很健康，到五月份，我要加高一层了。'要不就说：'贵体如何，我明天就要翻修了。'或者说：'我差点全被烧光了，可把我吓死了！'如此等等。……上星期我从大街上走过，望了我的朋友一眼，突然听到它抱怨的叫喊：'他们把我涂成黄色啦！'这些杀人凶手！这些野蛮的暴徒！他们什么也不怜惜，包括圆柱和屋檐，于是我的朋友全身发黄，黄得像一只金丝雀。为了这事，我差点气炸了！"（陀思妥耶夫斯基《白夜》，上海译文出版社）

是的，好的街景和建筑是有性格和脾气的，正如作者对苏州的切身感受："看得越久，越能感受到其中难以言说的意境。看得越久，越是觉得其中蕴含着无穷世界。""这样的建筑，寄托了人的情感，体现了平凡人对理想生活的追求。"（《苏州掠影》）

海明威曾经讲过："要当作家，最好要有一个不幸的童年。"他提起的这个话头很值得人去参悟、琢磨。我们知道，童年对一个人一生的影响是巨大的，甚至是决定性的。因为童年正是刚刚有了自我意识，真正开始睁开眼睛打量自己，以及自身所处的这个世界，为今后逐渐形成的人生观、世界观打基础的时候。童年时代是对一个人人格的塑造十分重要的时期。

有着不幸的童年，具有创伤性特殊记忆的童年，在作家这个群体中，可能是有一定比例的。当然，也不会是所有作家都有一个不幸的童年。不幸的童年也不会是成为一个作家的必要条件。特殊的童年经历会在一个人身上烙下终生难忘的印迹，并促使你用一种特殊的眼光与视角来看待世界。这种记忆会成为一种独特的经验，作用于一个人的价值观与判断力。这种记忆的个人性、鲜明性，有助于他成为一个生活的观察者和记录者。这样的例子，国内外作家中都有。比如，鲁迅先生因家道中落和父亲早亡，童年就比同龄人结束得要早。他在作品中写道：“有四年多，曾经常常，——几乎是每天，出入于质铺和药店里。”从比自己高出一倍的当铺柜台外送上衣服和首饰，在侮蔑里接了钱，再去和他一样高的药店柜台上买药。“有谁从小康人家而坠入困顿的么，我以为在这途中，大概可以看见世人的真面目。”（鲁迅《呐喊·自序》）

邝立新的童年记忆，正如诗人韩东在其诗歌《温柔的部分》中所说：“我有过寂寞的乡村生活/它形成了我生活中温柔的部分。”作者成长为作家，并未依仗“不幸的童年”，相反，故乡已经构成了他个人“文学的故乡”。童年在成为他的创作“宝库”的同时，还平添他对今后生活的勇气和对未来的信心。

作者的童年生活虽有贫穷、困窘，但作为家里唯一的男孩，得到了父母和祖父母的宠爱。他在有关祖母的记忆和描述中，尤用心力。“祖母的灵柩抬出去了。上一代人的隐秘、血浓于水的根源，从此长眠地下。我与故乡也少了一丝勾连。灵柩经过之地，唢呐激扬，鞭炮震天，黄裱飞舞，留下一地纸屑。人们从这些纸屑上走过，到田野里耕作，到河流里濯衣，到集市上买卖。纸屑一天天腐烂，终有一天，与泥土融为一体。”（《三角铺的日与夜》）作者花费了不少笔墨，将留守故乡三角铺的祖母镌刻在读者心中。从生至死，这位辛苦、慈爱的祖母形象跃然眼前。作为生命之链上的一环，作者最终让我们从死亡的视角去识得生命的真相。结束了劳累、苦难的一生，死亡不啻是一种安息。在乡人眼里，死亡又是生活的一部分，平凡而日常。

作者也写到了童年时代眼里伟岸的父亲，在自己年龄渐长后形象的坍塌。“父亲在母亲跟前的忍气吞声，在子女升学和工作时的束手无策，甚至在大风大浪面前犹豫不决。虽然年岁日长，成熟男人的宽容、从容、坚决、果断，却始终与他无缘。”（《父亲的故事》）作者生动刻画了父亲在现实面前无能为力、无所适从的卑微与辛酸的真实形象。不知道有多少像“父亲”这样的乡村知识分子依然存在着，但我深知他们在下一代人眼里的共同境遇与不堪并不会有多少差别。

邝立新的童年乡村记事，因为强烈的主观色彩与独特视角，反而纪实效果突出，逼真得魔幻。作者自然流露出的怀旧、忧郁、伤感与无奈，构成其特有的行文风格。

在文集第三、第四辑中，还收录了作者跑步、游泳、骑行、旅游等行旅散文和对各地不同美食的记趣。细腻的写实功底和文字风格，构成了一个个既彼此独立又有内在联系的故事。无论是健身、旅行还是品尝各地不同的美食，都是一种积极的生活态度。确切地说，生命的仪式，就是从对自身身体的肯定开始的。品尝美食，也是体验人生的滋味。在温暖而又百感交集的旅程中，作者在不断地观察和写作，也在不停地成长与修炼。

读完全书后，也让我相信，通过创作本身，一方面，可以让我们重新审视、思考和确认自己的生活；另一方面，也让我们体验了不同的人生，探索了另一种存在、另一种生活和另一种可能性。也可以说，文学就是对我们的一种奖赏。也愿以此感想，与立新兄共勉。

是为序。

小海

2020年9月25日

目录

第二辑　天冷就回来

第三辑　看过许多云

第四辑　吃喝缥缈录

第一辑

生活在别处

那些光线、声音、气味、颜色，那些店铺、工地、废墟，那些一闪而过的人群，那些悄然变幻的风景，渐渐在心里发酵，酝酿出这些文字。

旅馆畅想曲

住旅馆的日子

采莲巷这家小旅馆，四周环绕老旧居民楼（老城区何处不是如此）。从空中俯视，涂成明亮黄色的外墙在一片土灰中格外显眼。旅馆像是一个从侧面立起的火柴盒，又像一块巨大的长方形积木。“积木”一侧开了许多窗户。中午过后，太阳从西侧斜斜映入房间，给这些潮湿阴暗的地方，带来一丝生气。

我早晚出没于这个地方。有没有阳光，对我的生活并没有多大影响。只是晾在房间里的衣服长期阴干，散发出一种难闻的味道。借着这个理由，跟前台姑娘交涉几次，总算是抓住机会，换了一个勉强能够享受片刻阳光的房间。住在这里的人，大多长期居住，至少也得住半年。要等别人腾出空房不是一件容易的事。

旅馆跟车站有着相似之处，人们进进出出，却素不相识。我所居住的这家旅馆是个例外。许多人就在这附近的单位上班，八成以上的房间被长租下来。流动的场所，有了相对固定的人，就会滋生出暧昧、猜疑、嫉妒……进而演绎许多故事。《蒂凡尼的早餐》《幸福终点站》《一个女人一生中的二十四小时》，甚至《泰坦尼克号》，讲述的都是这一类的故事。旅馆一楼最初是一家咖啡简餐店。周日晚，我们从外地赶到这里后，常常在一起聚餐、打牌、喝酒、抽烟——使用旅馆为长住客人提供的免费消费券。咖啡店不久后搬离，这里又改成了一家小渔村饭店，后来又换成川湘菜馆。总之，这些店都经营得不甚理想。当然，我们住在这里，有着不可推卸的责任。

房间里有两张床。每天睡哪一张，常常让人纠结。自从女儿来过我房间，并把这个地方称为“两张床”后，我就开始考虑这个问题。之前长期睡东面这张，熟悉床垫结构，身体无意识地陷入这些轻微的凹凸起伏中，随即进入沉睡状态。西侧的床静悄悄的，一言不发。有一日又换了另一张床睡。许久不躺这床上，床单浆洗后的味道进入鼻腔，带着陌生人的气息。房间仅有的一张桌子和木质靠背凳子，跟我的身高尺寸如此吻合。夜深人静时，我常坐在上面，看书、写稿。一张好的桌子和凳子，竟能激发一个人的灵感，让人沉浸在写作中，忘记一切。只听见键盘的声音在空中回响，文字像一个个美丽的音符，或欢快、或悲伤地跳跃着。工作和生活中的烦闷、苦涩、压抑，仿佛都在这些美妙而单调的音乐中被释放……

旅馆里的生活，始终处于一种被窥视的状态。不知何时，会有一个陌生人进入你的空间。根据她的想法，她随意改变这里的陈设，甚至带走一些她认为无用的东西。一个枕头、一个杯子、一本书、一双鞋、一把牙刷、一件衣服……这些东西常常改变自己的位置，让人不知所措。那是一种被动的、无法掌控的状态。对于曾经长期住在家里的人而言，要花很长时间才能适应这种飘浮的状态。是的，飘浮，就像身处失去重力的外太空，没有什么是固定的，都在空中飘飘荡荡。

旅馆隔墙，是一种很薄很薄的夹层，声音传导效果极佳。从走廊里走路的动静，能获悉一个人还是两个，男人或是女人。从房间关门的力度，能判断谁离开了。躺在床上，甚至能听清楚隔壁在放某部电视剧。一个房客特别喜欢音乐节目，常常随着“导师”们的尖叫，也发出阵阵凄厉的叫声。后来，又换了一个新闻迷，每天清早必看《朝闻天下》，让我定的闹钟失去了意义。当然，还有一些不该听到，却无法忽视的声音。这些声音，让彼此的生活变得透明。隐私，像沙漠里的水分子般珍贵。

住了近一年后，我终于搬离这个旅馆。重新回到温暖的俗世生活，回归有社区、有家庭的日子。一切全部固定下来，按部就班地工作、生活，每天见到熟悉的人，做熟悉的事。生活中很少出现新鲜面孔和陌生声音，更难体会到被窥视的裸露感或窥视他人的罪恶感。在平凡生活的夹缝之中，偶尔还会想起住旅馆的那段日子。

旅馆的秘密

旅客离开之后，清洁女工全面接管房间。她将睡痕犹存的床单铺平，将带着体温的被子整理叠齐，将滴着水的毛巾拧干搭好，将床上的衣物挂进衣橱，将地上的毛发、灰尘清扫干净。最后，将垃圾（她认为的垃圾）打包带走。她每天出没这里，熟悉房间里的一切。通过屋内陈设的变化，判断旅客的一举一动——无论抽烟、喝酒、吃零食，还是看书、淋浴、失眠，她一清二楚。尽管她与旅客从未谋面。她甚至不需要见到旅客。她像是一个隐形的人，一个时刻窥视你的人。

洗衣房的阿姨年纪不小，保养得却很好，脸上皮肤光洁，唇红齿白，简直神采奕奕。她出现在旅馆地下室这片阴暗之地，显得如此格格不入，却又让你精神一振。你将衣服交给她了，衣服还带着你的体味、形状，袖口、衣领沾了汗渍和油污。内衬口袋里也许还有被遗忘的物品，或是一张小票，或是一粒纽扣，或是一个打火机，甚至随手记下的一张便利贴。她把这些东西一一挑拣出来，怀着一丝好奇，最终还是皱皱眉头或微微一笑，将它们丢弃。这些东西一文不值。直到有一天，你突然想起，找遍每一处角落，搜寻记忆的每一刻，却空手而归、沮丧不已。生命中的一些东西，就这样随着洗衣机的轰鸣，消失在时空之中……

如果长住旅馆，便离不开旅馆提供的膳食。住在旅馆有无数好处，其中之一：不用为吃发愁。旅客与厨师素不相识，却有一种交流的媒介——菜肴。刚端上来的热菜，简直能看见厨师正冒着热汗、操着锅铲不停翻炒的样子。他往锅里添加油、盐、酱、醋，加水、加糖，再添加一些他的喜好或偏见。同一道菜，每一次吃都有不同的味道，这完全取决于厨师心情。一片新鲜的菜叶、一块带血的牛排、一条活蹦乱跳的白鱼，经过厨师亲手清洗，烹制，端上餐桌，再送进客人的胃，进入身体的循环。这个隐形的链条，让厨师与旅客有了一层无形联系。旅客们可能因为一道菜，生发许多灵感；也可能因为一碗汤，败坏一天兴致。

最了解旅客的，还是旅馆的主人。来的次数多了，她一点点积累，将你的生活习惯一一记录下来。你喜欢早睡还是晚睡，喜欢游泳还是散步，喜欢食肉还是吃素，喜欢看书还是看电视，喜欢硬床还是软垫……她让你以最舒服、最省心的状态，在旅馆里度过无忧无虑的时光。她让你感受到一种心灵的安慰，那是一种细致入微的照顾、一种洞察人心的体贴。旅客甚至会形成一种心理依赖。看《铃鼓咖啡屋的女人》，我常常感动，梵高的寂寞、宁静、孤独、狂热深藏画作之后，而那些旅馆或酒馆里的女人，脱离了家庭生活的束缚，更能理解他人的生命。

一些小的旅馆，或家庭旅社，主人、服务员、清洁工、厨师都是由一人身兼。他们寻一处风景绝佳之处，临山濒水，几乎要做老死此地的打算。然而，这是更加危险的场所。你来到此地，几乎将你的整个生命、全部秘密都交给他。许多惊悚电影，故事都发生在这样的荒郊野外。如果是一幢有历史的老建筑，更要时时当心那些鬼魅。颐和路上有几处民国别墅，如今改造成对外经营的旅馆。偶尔晚上去那里散步，看到别墅外悬挂的“陈布雷故居”“戴笠故居”，以及透过幽暗灯光隐隐可见的楼梯阴影，总是不禁生出几许忧惧。谁知道会发生些什么呢？

你也不能忽视那些无足轻重的角色。他们是看门人、登记员、修理工、理发师、寄存师傅……他们各自掌握你的一个秘密。他们登记着你的身份信息，他们掌管着你的私人物品。他们默默望着你进出，装作毫不在意的样子，却悄悄记牢了你的随从、你的情人、与你交往的所有人。到关键时刻，他们都是人证。天花板上是另一个世界，密密麻麻的线路、管道、机关，不见天日的老鼠、蜘蛛、蟑螂、虫卵。下水道亦如此，黑暗中，一阵哗啦之声，你不知道它将通往何处……

旅馆的灵魂

旅馆是城市的附着之物，也是城市的隐秘之所。如果城市是一座高山，遍布各个角落的旅馆就是山上的一个个洞穴，温暖潮湿，遮风避雨，带着史前人类的气息。旅馆给城市过客一处栖身之地，一张可以休憩的柔软大床，一个随时释放热水的淋浴喷头，一扇推开便能看见街道风景的窗户。让旅客们暂时放下日常生活的一切，离开熟悉的场所、熟悉的朋友，享受片刻的安逸或放纵。

旅客以为只需付出金钱，却在毫不知情的情形下，留下他们的皮屑、毛发、气息、体液、唾沫，以及一个醒来已忘的梦境。如果旅馆主人足够细心，当然能发现这些细微的痕迹。它们简直随处可见。天长日久，旅馆里会留存许多这样的痕迹。这些痕迹，让旅馆变得肮脏，同时也更有神秘的魅力。后来的旅客与之前的旅客，在精神上、身体上接触和交流，让住旅馆本身更有想象空间。

胜旅
EL8578

高贵的旅客们在享受甜美笑容、可口食物和贴心服务时，是否嗅到了背后金钱的气息？它们带着腥臭的味道和赤裸的欲望。华丽的大堂、璀璨的吊灯、光滑的大理石，食之不尽的自助餐厅，所有这些，都只是旅馆肤浅的表面。离开旅馆，便荡然无存。人，是旅馆的灵魂。看看布达佩斯大饭店，缺少了古斯塔沃先生的周旋，饭店终将沦为一座冷酷的军营。一个足够好的经营者，能将旅馆变成温馨舒适的家，却没有家的束缚、无趣和纠葛。它是可以放松身体和心灵的秘密花园。

更多的是低廉的旅馆。车站附近，总有一群中年女子，不厌其烦地询问每一位刚下车的旅客。经历了无数次挫折之后，总有一两个人——或许是背着大包小包进城务工的乡下人，或许是从学校出来的新鲜面孔——会落入她们的“圈套”。女子带着他们进入狭窄的小巷，绕过贴着小广告的电线杆，进入一间阴暗的屋子，从这里进入这座城市。医院附近也是如此。跟车站不同的是，不需要中年女子的牵引，他们会自动寻过来——带着消毒水的味道，以及对某种疾病无休止的讨论。

旅馆和旅客需要达成一种微妙的平衡。旅客们带着一丝好奇和轻微的抗拒，进入陌生的旅馆。感觉契合时，旅馆很快接纳他们，仿佛他们住进来的时机是恰当而正确的；感觉不对时，他们许久也难以融入。让旅客们真正进入旅馆的，或许是一个舒适的马桶、一盆带着清香的水仙、一张软硬适中的床垫、进入房间的一缕阳光，以及阳光中飘舞的灰尘。可是，一把简陋的塑料梳子、一双单薄的纸质拖鞋、一台带着异味的老旧空调，也能轻易地破坏这种融入。

开私人旅馆（或民宿）的诱惑在于，你有正当的理由收集别人的秘密，了解他人的生活。希区柯克的经典电影《惊魂记》最吸引我的不是谜底揭开的那一刻，而是玛丽恩被诺曼杀死前两人的对话。在标本鸟呆滞眼神的注视之下，他们各怀心事，谈到生活中的圈套与挣扎、正常与不正常、谋杀与精神疾病等。这样的对话是每一位开旅馆的人所渴望的。每天见到不同的面孔，了解不同的人生、不同的故事，探寻故事背后的企图、渴望、爱慕等等。这些沉重的诱惑，简直就像酒精赐予人类的狂欢一样，让人难以抗拒。诺曼甚至取下墙上的画，透过一个小孔，窥视玛丽恩的一举一动。这种阴暗的举动，让人有一种难以启齿的快慰。

英国小说家斯威夫特在《旅馆》中写道："我心目中的旅馆并不仅仅是追求一流的服务水准，并不仅仅是提升一下大街上的咖啡馆和二流宾馆的层次。我对仅仅提供膳宿毫无兴致……我想要的旅馆就像我以前入住过的医院，但不设医务部。我要开一家'开心'旅馆……我衷心希望他们在我的旅馆房间里，在堰水的潺潺声中，真正找到他们秘密的极乐……"一家好的旅馆，包容一切，宽恕一切。

白色旅馆

白色，旅馆钟爱的颜色。灰白墙壁、亚麻窗帘、乳白天花板、纯白床单、枕头、毛巾、暖白拖鞋、象牙白瓷杯、浅白地板、亮白瓷盆，甚至雪白身躯……高档旅馆的"白"，如天上浮云，如高原雪山，如遍地棉花，又仿佛冬日舒适的暖阳，让人感到一种虚幻之美。普通旅馆的"白"，像大雪后真实世界被掩饰的表象，表面光鲜亮丽，然而抠开一点点，或许能见到不堪的一面。白色，变成一副挡箭牌，变成一种伪装色；廉价旅馆的“白”，是一条被浆洗过无数次、带着斑斑痕迹的床单，是带着蛛网和黑灰的隔墙，是卫生间地面永远冲洗不净的污痕。

经过长途跋涉，在一片苍翠绿意和湖光山色中，见到一座灰色屋脊、白色墙壁的小屋，那便是你的栖身之地。这白色小屋，也许是南方的一座园林旅馆，也许是浙南山区的一家民宿，也许是徽州乡下的一间老房，也许是泸沽湖畔的一间私人房屋。从拉萨的布达拉宫，到苏州的普通民宅，白色是最寻常的装饰色。在希腊爱琴海旁、摩洛哥卡萨布兰卡、意大利奥斯图尼，随处可见白色房屋。

东方视白色为哀伤、不祥、失败、神秘，西方则认为白色代表着高雅、纯洁、忠贞、平等。在“蓝白红”系列电影之《白色情迷》中，卡罗尔费尽心思陷害前妻多明尼，某种程度上，是追求一个男人的尊严或情爱中的平等。实现愿望后，卡罗尔望着监狱中的多明尼，却流下悔恨的眼泪。爱情或婚姻中的平等，哪会如此简单？单调的白色背后，还有许多难以洞察的情感。

D.M.托马斯在《白色旅馆》中写道，旅馆类似于母亲赤裸的身体，是一个没有罪恶，也无须背负悔意的包袱的地方。弗洛伊德的学生分析，旅馆中的很多事物具有象征意义，比如：门廊是口腔、楼梯是食道、阳台是胸脯、四周的杉树是毛发……白色，也许还象征母亲白皙的肤色，甚至让人联想到温暖柔软的乳房。旅客们住在其中，全身心地投入口腔活动，吸吮、咬、吃、吞咽、用嘴含，带着一个吃奶婴儿幸福的汪洋恣意般的自得心理。

除去这些微妙情感，在旅馆色彩搭配方面，东西方罕见地达成了共识。白色简洁，却意味深长，与东方禅道有异曲同工之妙。传统国画中，最重要的是留白。《陶庵梦忆》等明清小品中，也有“湖上影子，惟长堤一痕、湖心亭一点，与余舟一芥、舟中人两三粒而已”这样素净淡雅却意境深远的文字。旅馆中的白，当然有一种禅意。长居俗世之中，能够抽身而出，在旅馆提供的简单而又规律的生活中，读几卷书、念几句禅，冥想、苦思，与那些深山寺庙里的居士有何区别？

世间何处不可修禅？悉达多辗转求道，最终在河畔入定，他从河水中学会了等待、耐心与倾听的艺术，“河水包容了所有人的追求与痛念，欲望与苦难”。地处闹市的旅馆，是喧嚣人群中的一处净地；藏身荒郊的旅馆，是世外桃源般的修行之所；面朝大海、濒临大河的旅馆，更是无垠世界中灵魂的安放之处。面对进出旅馆形形色色的人物，旅馆中嘈杂不绝的声音，以及那些看似单调的色彩，有灵性的你，一样能学到等待、耐心与倾听的艺术，体会到朴素宁静的力量。

白色，表面纯洁无瑕，其实融合各种色彩，包含人眼所能见到的所有光。这与旅馆的精神是一致的。旅馆的白色，白色的旅馆，看起来多么干净，多么纯洁，多么赏心悦目。其实，旅馆是最复杂、最肮脏的场所。旅馆来者不拒，无论年龄，无论人种，无论性别，无论贫富。它容纳世间的爱与恨，美好与丑恶。

鼓楼流水账

有好几年的时间，我在南京、苏州两地奔波，家庭和工作分置沪宁线两端。初到一个地方，会有新鲜感。本地人习以为常的风景，在我看来别有一番滋味。一座灯塔、一条巷子、一家书店、一条河流，甚至一场雪、一阵风、一碗面，都让我无端生出许多幻想。如今，我也成为南京人，每天在鼓楼的大街小巷中穿行，那种陌生、疏离和好奇的感觉却渐渐淡了，生活终究变成流水账。

南阴阳营魅影

北京西路上有太多的机关建筑，连路边梧桐树都拥有不凡气质。一棵棵树整齐排列，让人肃然起敬。高大威猛的警犬、灯光闪烁的警车，还有随处可见的摄像头……走在路上，感觉压抑，甚至莫名紧张。走到上海路，学校、饭店多起来，年轻的面孔笑容洋溢，心情随之变得轻松。晃进南阴阳营，世俗气息更浓烈，阳台上随意悬挂的内衣裤、扑面而来的油烟味、汽车的尾气和菜场的腥臭，让人顿时感觉亲切无比。

巷子长不过几百米，宽不到三四米。两侧均是二十世纪八十年代甚至更早时建造的居民楼。来来往往的人极多，临街的住房全被改造成门面。南京人出了名的爱吃，餐馆生意便生生不息。巷子里中西合璧、南北交融，各种饭店口味繁杂。南侧正中央是一间公共厕所，终年飘荡着一股骚臭味。一家规模不大的菜场紧挨着厕所。菜场边上开设日杂百货、药店、干洗店……有了这些，平凡生活需要的一切都具备了。

巷子里的餐馆常常变换。一段时间不去，一些旧的门面忽然不见，崭新的店招又挂出来。就像今天看到的这家酸菜鱼店，记得原本位于北京西路四条巷口，不知何时搬到这里。店里常年提供酸菜鱼和四道经典凉菜（拍黄瓜、花生米、切皮蛋、凉拌西红柿）。厨房里腌着一大盆青鱼肉，上面撒满各种汁料。鱼肉鲜嫩无比。去的次数多了，总感觉“鲜”得不正常，隐隐有些担忧，便不去了，可日子一长，又忍不住想尝。

在这些变幻的风景中，修锁匠老张的铺子倒成了相对固定的存在。一天深夜，我抄近路从巷子里穿过。两侧店面和楼上民宅都熄了灯。一阵风吹过，眼前飘过一个黑影，似又听到一阵哭声。再回过头来，黑影已无踪影，哭声若有若无。习惯了白日的热闹场景，第一次走进黑暗中的巷子，气氛竟如此诡异。我抱紧双臂，疾步往前走。临近出口，见巷口的铺子还亮着灯，心才稍稍安定一些。

锁匠生意是最安稳的。只要有人居住，特别是人口繁密的老小区，开锁配钥匙的事总少不了。老张的手艺是家传的。他搬到这条巷子也三四十年了，却始终没有一个固定铺面。风吹雨打，都窝在这个路边搭建的铺子。他看到我走来，便跟我寒暄道，有位年轻姑娘傍晚时找他配钥匙，说凌晨下班来取，不然回不了家。他等到现在，也不见人来，不知还来不来了。我四处看了看，压低声音问老张刚才有没有看到有人走过。他摇摇头说，没有呢，不过，听说有一位老人过世了。这个巷子是个老街巷，住了许多老人，天气寒冷时，总有人熬不过去……

听老张这样说，我才突然记起，有一位老人常眯缝着眼睛坐在巷口晒太阳，莫非就是他？细细想来，巷子里还有许多这样的人：始终守着彩票开奖的日杂商店大叔、修鞋店沉默寡言的老头、饺子馆外嬉戏的孩子、牛肉店面容模糊的老夫妻……这些过客眼中瞬间的风景，对身处其中的人而言，就是寻常的生活。

在我的印象中，这条巷子一直与“吃”相关。有时食堂吃腻了，跟几个同事，晃荡晃荡，就走到这里。麻辣烫店里年轻学生和情侣居多，年过三十的“老男人”坐在这里，跟环境极不协调。一家牛肉面馆位于幽深黑暗的楼道里，油烟机上有厚厚的油，昏黄的日光灯上积满黑灰，牛杂面却有一种回味悠长的卤香。夏季小龙虾，冬季羊肉汤，近年在南京街头小吃排行榜中引领风骚。精瘦羊腿肉，奶白色汤汁，配上新鲜出炉的烧饼，撒上辣椒油和韭菜末，也是冬季里一道暖心暖胃的时令菜。

走出巷子，宁海路上路灯明亮，似又回到人世间。回头望去，锁匠铺子里微弱的灯光在寒风中摇曳。老张和巷子里那些店，也消失在夜色之中。

金银街

跟南京大多数路一样，金银街有两条。一条东西走向，从上海路进入南京大学；一条南北通行，从北京西路往南，到头是天文与空间科学学院。东西向的街道，一侧是留学生公寓，另一侧是各种酒吧、饭店和面包房。天气晴好的时候，公寓台阶上，总有各种肤色的年轻男女坐在上面，沐浴阳光。酒吧门前，聚集着金发女子和黑人男子，一群人大声交谈，其中也不乏有一个人低头看书，抽着烟沉思的。

酒吧名字叫Talking，倒也契合这个氛围——总有人在门口闲聊着。有天晚上陪朋友去了一次。坐在吧台前，点了他们自制的黄啤。酒的味道很特别，跟一般罐装啤酒比起来，有一股特殊的香味。酒吧里有学生模样的年轻人，抱着吉他唱歌，唱到动情处，让我觉得有些感动。屋内烟雾缭绕，各色语言涌入耳朵。

进入南京大学西门，右手边是一排长长的橱窗。每次驻足观看都有新的发现。东面是童趣盎然的儿童画，稚嫩画笔后面，仿佛能看见孩子认真的表情。中间是相声、音乐剧、足球赛、考研培训和讲座通知。往西一点，贴满招聘公告、企业宣讲会，毕业氛围渐渐浓厚。招聘会旁是干部任前公示，关乎学院老师们的饭碗问题。最边上竟然是讣告。当然，最惹人注目的，还是那些充满青春活力的文字。

转弯就是银杏林，这是南大最美的地方。现在的季节已是深秋，银杏叶全都变成金黄色。抬头望去，如同一片金色云彩，温柔笼罩着整个校园。地面铺满枯黄树叶，层层叠叠地堆积着。因为不在马路上，也免去了被扫除的命运。走在上面，银杏叶咯吱咯吱地响着。一位年轻的姑娘，捧着一本书，坐在一棵树下，像一尊美丽的雕塑。中大路两侧的梧桐树伸出粗壮的枝干，形成一片巨大的树荫。

顺着路往北走，低头穿过雪松枝干形成的“拱门”，就走到了北大楼前的大草坪。秋日午后的阳光慵懒照射，草地上躺着或坐着年轻情侣。主楼上缀满了红黄相间的爬山虎，如同风格别致的衣裳，与灰黑色屋脊搭配得体。两棵雪松高耸入云，身姿挺拔，就像年轻英俊的卫兵，守卫在大楼两侧。一个小伙子，拉了长长一根弹力绳，在上面自如行走、弹跳，做出高难度动作，引来一阵惊叹。

每次走在南大校园，总会碰到一些年轻的面孔。他们步履轻盈，笑容纯净，手拉着手，或三三两两，或成双成对，让人羡慕。偶然撞见年轻女孩的眼神，女孩立即略显羞涩地低下头，或移向他处。也有开朗的女孩，露出浅浅微笑，酒窝若隐若现。一群女生走过，长发飘飘，衣裙飞动，一串银铃般的笑声在耳边荡漾。球场上汗如雨下的男生、亭子间窃窃私语的情侣，还有教室里埋头读书的学生，他们才是南大真正的主人，就像爬山虎新发的嫩叶，迎着阳光骄傲地向上生长。

十年前，我还在校园，也是他们这般年纪。每天生活单调，但也觉得快乐。远离父母，没有家庭之累，一个人自由自在，想去哪儿都可以。没有手机控制着时间，春天时漫步樱花大道，夏天与师兄畅游东湖。秋天珞珈山漫山遍野的红枫，冬日银装素裹的校园更是美不胜收。然而，这样的日子只持续了几年，进入社会，各种压力接踵而至、防不胜防。“80后”这代年轻人，也只有大学几年拥有真正的青春，之前忙于升学，之后疲于买房、买车，哪里敢奢谈什么梦想、青春。

再次走过金银街时，已近正午。阳光照射之下，梧桐树无精打采，报刊亭旁的狗也昏昏欲睡。酒吧前两个少女依然坐着，保持同一姿势，仿佛时间停滞了。我躺在沙发上，恍恍惚惚间，如置身阶梯教室，校园广播传来罗大佑沧桑的声音：流水它带走光阴的故事，改变了一个人，就在那多愁善感而初次等待的青春……

防空洞书店

武汉也有防空洞。从武大行政楼到教工宿舍，可以抄近路穿过狭长洞穴。防空洞位于珞珈山下，如果不是藏身校园，可能早就被改造成麻将馆、棋牌室或火锅店。南京，毕竟六朝古都。读书人多，文化底子厚，不似武汉入世深。闹市区五台山下防空洞，隐藏着一座“世界上最美的书店”之一，也不足为奇。

先锋书店的下沉式入口低于地平线。从一扇小门挤进，豁然开朗。高不可及的天花板、巨大的十字架、意味深长的标语“大地上的异乡者”，让人感觉这就是一座教堂。“教堂”纵深特别长，两侧浩浩荡荡摆满各种书，起码有上万册。在里面随便走走，东翻翻，西看看，大半天就过去了。那些无尽之书，像一个巨大黑洞，无情吞噬着时间。走到外面，天都黑透了。放眼望去，车水马龙，霓虹闪烁。

因其独特氛围，身处书店的人，举止行为也异于平常。我曾遇到一位青涩姑娘，还是在校学生，闲暇时兼职卖书。跟我推荐熊培云的新书。问她为何喜欢熊时，她竟脸色绯红。一对老夫妻，满头银发，已近古稀之年。老太一本《西藏生死书》，老头一本陀思妥耶夫斯基的“大部头”，看得很投入。还有身材高挑的女模特，带着摄影团队在书店拍写真。先锋书店经常举办文化活动：新书推介会、文艺电影主创见面会，以及歌迷见面会。我曾参加诗人小海的新书发布会。那是一个很冷的冬天，他的朋友大多是小说家、诗人。大家聚在一起，说起以前写诗歌、办诗刊的往事。在我听来，好像是很遥远的故事，散发着二十世纪八九十年代的迷人气息。

开书店是理想主义者行为。先锋书店主人曾是公务员。二十一世纪初，他怀抱着理想下海，在寸土寸金之地开办第一家先锋。近二十年来，在商品经济和网络冲击下，书店不但没有败退，反而盘下五台山这一宝地，陆续开出好几家有特色的分店，给南京人留下许多美好记忆，真是这个时代的奇迹。颐和路先锋书店位于江苏路广场中间。开车经过时，透过玻璃墙能看见一个个书架，俨然一道城市风景。

好的书店之于城市，与伟大的文学家、诗人之于城市的意义相比毫不逊色。台湾书人钟芳玲在《书店风景》中写到许多地标书店，比如巴黎的莎士比亚书店，旧金山的城市之光书店，纽约的高谈书集、史传德书店等。这些书店的历史，与它所在的城市，甚至一个国家的文化有着千丝万缕的关系。乔伊斯的《尤利西斯》最初发表时，据说有伤风化，无人愿意出版。莎士比亚书店老板西尔维亚·毕奇女士独具慧眼。在她运作之下，

WALTER
BENJAMIN

我偏爱写诗的荒谬，胜过不写诗的荒谬

《尤利西斯》成为当时超级畅销书。莎士比亚书店消失二十余年后，乔治·惠特曼延续莎士比亚书店的传奇，开办至今，成为塞纳河左岸的一道美丽风景。我喜爱的电影《爱在日落巴黎时》，开场镜头就是这座传奇书店。钟女士真是一位任性有趣的奇女子。她不仅热爱书店，还把逛书店的爱好变成文化行为，写出颇有价值的“书话三部曲”。

南京是书店聚集之地。除了先锋，还有南大校园内的万象书店，有玄武门凤凰书城、新街口大众书局、清凉门西西弗书店、金鹰世界G·TAKAYA书店，以及许多不知名的二手书店。在这个网络便捷的时代，逛书店更像是一种怀旧和休闲。许多人只逛不买，给书店经营带来许多困难。我不知道先锋如何做到收支平衡，也许有额外补贴，不然，光靠售书，无论如何难以撑到今天。万象书店背靠大学，兼营咖啡餐点，与大学生联系紧密。凤凰书城更像图书超市或大卖场，书店气氛淡薄。大众书局开了借书业务，读者能将新书借回家阅读，也是皆大欢喜。西西弗与一家咖啡店合营，让我想起衍生品众多的苏州诚品书店。

相比于售卖新书的书店，逛二手书店或古旧书店，更能得到淘书的乐趣。那些个性迥异的书店主人，创造了书店的历史和风格。他们才是书店真正的灵魂。苏枕书在《京都古书店风景》中写道，他们（书店主人）也会有寂寞和悲哀，但总能话锋一转，笑云：“自己的心意，只要能传达出去，哪怕仅有一个人领会，就觉满足。”这样微不足道又缠绵悱恻的心意，也许正是爱书人所期待的。

漂浮城市

有三四年时间，每周日晚，我从另一个城市乘高铁，到达南京转地铁，从珠江路出来，悄然进入这座城市。每次从地下走到地面，会看到不同风景。夜幕降临，对面高楼巨大的液晶显示屏，在暮色中发出耀眼的光，吸引许多人的眼球；雪夜公交车上，两位年轻姑娘投入地唱着圣经诗篇，车厢里安静下来，清澈空灵的歌声飘扬；台风带来暴雨，路上积水过膝，有人划着皮艇，在大街上飘荡……

也许这就是大城市的魅力，总有意想不到却合乎情理的事情发生。大多时候，我生活在鼓楼一带。以上班的地方为中心，活动区域半径不超过三公里。白天待在大楼里处理工作琐事，到了夜晚，甚至深夜，才有机会走到大街上，感受人间冷暖。北京西路是这座城市著名的林荫大道，悬铃木伸出粗大的枝干，将整条路遮掩得严严实实。夏日炎热时，走进这绿荫中，立刻感受到体贴入微的清凉。

这种“清凉”不是一朝一夕形成的，许多是民国“黄金十年”的遗产。南京人有理由骄傲，中山东路、中山北路、汉中路、陵园路、西康路，没有几座城市能够拥有这么多美丽的林荫大道。我愿意待在颐和路先锋书店，在车水马龙的环绕中，喝一杯茶，读一本书。在那些狭窄、幽静的巷子里，隐藏着许多民国要人的老宅。如今人去楼空，喧嚣历史留下几许尘埃，青苔和藤蔓爬满外墙。

唯有时间，足够长的时间，能让一座城市变得深沉和厚重。不信，你看那明城墙的古朴，看民国老房子里影影绰绰的

芭蕉，看明孝陵上那些饱经风霜的石像。夜幕下，独自行走在寂静的街道上，望着昏黄路灯下的树影，更能感觉城市另一种气质。曾经在南京生活过的台湾作家白先勇，深知时间和空间转换的奥秘。他在《台北人》中写下许多飘零异乡、今昔对比的故事，呈现出巨大哀伤。

我出没于一个老小区，每天早出晚归，跟邻居基本没有交集。偶尔碰到熟悉的面孔，露出尴尬的笑容。躺在床上，常常已是深夜时分。黑暗之中，似乎能听见一切细微声音。草丛中的蟋蟀，每隔三到五秒鸣叫一次。隔壁屋顶上的猫，声音绵长幽怨。风吹过窗外的桂树，树叶窸窸窣窣，暗香浮动。偶尔还有夫妻吵架声，瓷器摔落在水泥地上，声音清脆刺耳。这些声音，让异乡人更感孤独。

小区门口有一家早餐铺。一位中年妇女和她年迈的婆婆操持着这家临时搭建的露天店面，每日清晨提供雪菜或榨菜肉丝面。许多居民与这两位女性熟识，他们每天家长里短地聊着，仿佛家人相处。这位老太来自上海。近六十年前，当时还年轻的她来到异乡南京，在这里安家、扎根。在他们眼里，我不过是一个外来者，如果不是迫不得已，在这里住上十年，也不会跟他们有交集，我们仿佛生活在两个时空。跟一座城市产生关联，其实就是跟这里的人交往。想起我生活过的城市，脑海浮现的也是熟悉的亲人和朋友。如果没有这些人，离开的这座城市，也不值得留恋吧。

这几年，我几乎走遍鼓楼每一个角落，熟悉这里每一条巷子，以及巷子里的某一家餐厅、酒吧或书店。傍晚时分，我沿着秦淮河，从草场门大桥跑到三岔河，体力充沛时，甚至跑到下关码头附近。夹江上漂着一个灯塔，夜晚常常亮着红色的灯，在开阔江面投下一缕缕红色光线。傍晚的风轻轻吹过，灯塔摇曳晃动，水面上的光随之摇摆不定。一些人驻足不前，默然盯着灯塔，不知想些什么。

双面秦淮

穿过厚重的城门，我爬上清凉山旁的老城墙。初冬天气，阳光温暖动人。城墙护栏在青石板上投下道道光影。一阵风吹过，银杏叶落了一地，枫叶也开始变红。草丛中一株株不知名的小花，冬日里依旧开得繁盛。远处高楼林立。秦淮河闪烁着光，河水缓缓流动。河畔聚集着许多市民，或捧着曲谱唱歌，或迎着太阳练太极，或戴着头巾跑步。踩着轮滑的孩子，贴着地面迅速移动，像野地里的兔子。

人与汽车，高楼与平房，大桥与电视塔，构成眼前风景基本风貌。从城墙上望去，这片风景的核心依然离不开这条河，整个南京城的繁华也与秦淮河密不可分。通常说的“十里秦淮”，位于老城南东水关至西水关一带。老城南的繁华，从《儒林外史》的描述中可见一斑。楚汉争霸、六朝金粉、大明建城，乃至民国时期，历史上一场场大戏在这里接连上演。我常想，如果有人在乌衣巷或朱雀桥架设一台摄像机，记录这些历史片段，是一件多有趣的事。

我们或许能看到卧薪尝胆后凯旋的越王勾践，他正带着一帮士兵治理城防；或许能看到少年英雄项羽，他在带着八千江东子弟出征之前，尚在城里优游；或许能看到王导、谢安家夜夜笙歌、宾客众多，一群黑褐色燕子在梁间飞来飞去，眼看他高楼起，眼看他宴宾客，眼看他楼塌了；如果往前快进，你还能看到太平军与湘军对垒，鲜血染红整条河流；民国建立之初，中山先生意气风发，带着一帮幕僚，植下许多梧桐；也能看到朱自清和俞平伯同游秦淮，坐在画舫里品茶赏景。

就像看古镇必定要在清晨，想要感受秦淮河的风情，最好是在细雨微风的夜晚，坐画舫，听桨声，看河房。白天的秦淮河是朴素、素净的，到了夜晚，才显出她的妖娆和妩媚来。传统的秦淮风月，是一种暧昧、浮华的美。政权从北方南迁，带来许多挥金如土的贵族。偏安一隅的短命王朝，则让许多人生出幻灭感。来到金陵的人们急于从现世生活中寻求麻醉，逃避江山沦陷、国破家亡带来的巨大痛苦。

秦淮河有时又给人一种魔幻感。我曾经见到过抽干河水的秦淮河，它露出丑陋不堪的河底。里面还有不知何时丢失的电动车，在水流腐蚀和冲击之下，只剩下一副锈迹斑斑的骨架。河床之中，散布着锅碗瓢盆、衣柜木凳、动物遗骸，甚至还有一团黑发，歪歪扭扭地躺在污泥里。抽干了水的河就像被开掘的墓地，以最原始的面目出现在眼前。面对这样的秦淮河，许多心存美好想象的人也许会目瞪口呆吧。

秦淮河的两面性在这里得以呈现。她既有极其奢华艳丽的一面，又有极其肮脏龌龊的一面。两者以水面为界。水上世界温香软玉、风花雪月，水下世界不堪入目、臭不可闻。同一条河流在不同的时间，呈现出截然不同的面目。然而，好或不好，相依相存。晚清“道德完人”曾国藩老先生打败太平军后，第一时间恢复了秦淮河的官妓和画舫，想来他也明白这个道理。

如今的秦淮河，历经沧桑，铅华洗尽。夫子庙早已从“欲界之仙都、升平之乐国”变成“吃货之福地”。许多小店门口排着长长的队。有些人等候几个小时，只为买几只烧饼或一碗鸭血粉丝汤。没有灯红酒绿、桨声灯影的陪衬，秦淮河就像飞入寻常百姓家的燕子，跟日常生活更加贴近。然而，她的一颦一笑、一举一动，依然隐藏着许多不为人知的故事。这种耐人寻味，正是秦淮河的迷人之处。

骑行笔记

五年前到南京，一辆电动车成为我的出行工具。相较于汽车的郑重其事，它更为轻便、自由、无拘无束。骑着它，拐弯、减速、驻足、重新起步，看到不同的风景，品尝各色的美食。它像一匹马，一天天老去。我与这座城市的接触也日渐亲密。那些光线、声音、气味、颜色，那些店铺、工地、废墟，那些一闪而过的人群，那些悄然变幻的风景，渐渐在心里发酵，酝酿出这些文字。

城市瓦尔登

每天早上，经过水西门、汉中门、清凉门几座大桥时，总能看到排成长龙、一动不动的汽车。暗红色的汽车尾灯在清晨的薄雾中闪闪烁烁。坐在汽车里的男女，或望着前方发呆，或一遍遍刷着手机，或打开车窗点上一支香烟。等待时间太长时，焦躁不已甚至有些绝望的人，也会毅然决然地按响喇叭。很快，喇叭声此起彼伏，绵绵不绝。显而易见，这种刺耳的声音丝毫不能缓解堵车。

堵车时间长了——我的意思是足够长，不是几个小时，也不是一天，而是一个礼拜，甚至更长——会发生许多意想不到的故事。胡里奥·科塔萨尔在《南方高速》里就写过这样一个故事：从南方高速返回巴黎的人们，经历了燥热、饥饿、绝望之后，滋生出莫名其妙的恋爱、性、自杀与逃离。直到好多天后，高速重新畅通，那些悲欢哀乐、生死爱恋，化成一阵烟消散在空中，仿佛什么也未曾发生。

这也许是作家的臆想，但有一种艺术上的真实。

骑车就不太会有这种奇妙的际遇。当汽车被困在车流之中进退两难时，电动车总能从夹缝之中轻易而灵巧地穿行而过，在汽车车主羡慕、嫉妒或鄙夷的眼神之中绝尘而去。优越感油然而生。在这种拥堵之中，无论奔驰、宝马、奥迪，还是英菲尼迪、玛莎拉蒂，都要老老实实地如蜗牛般爬行。当道路畅通，车子开动起来，发动机发出强劲有力的轰鸣声，从你身边飞驰而过、留下一股尾气时，优越感倏而转移到他们身上。尤其是当电动车电量不足，车主人不得已下车推行时，那种短暂而虚幻的优越感便荡然无存。也有衣着光鲜的年轻女性，在路上摇摇晃晃地骑行。等快到上班的地方，乘人不备扔下单车，迅速掏出化妆镜扑粉描眉。而后，娉娉袅袅地走进某座大楼。更为从容的，是那些在路上步行的人们。他们通常住得很近，两三公里之内。要么就是已经退休的老头老太，或者无所事事的人

们，他们在路上颇为淡定。

单纯从幸福感的角度来看，步行的人也许最强，骑车的次之，开车的最弱。还有不得已坐车的人，无论远近，架势不能丢。有时，坐车是一种待遇，也是难以挣脱的牢笼。优越感和幸福感从来就不是一回事。优越感源于物质上的比较，或暂时的胜出；而幸福感则是内心的平和与满足，与他人无关。拥有的东西越多，优越感越强，但幸福感不会随之增加，这是不言自明的道理。

物质享受或者消费主义，更像迷人的谎言。商场里琳琅满目的商品，网络上近乎疯狂的购物，很难说让我们得到多少快乐。东西到手之后，反而有一种空空荡荡的感觉。久而久之，堆积成山的东西成为累赘。这种执迷背后，是否还有虚荣心作祟？那些宁愿堵在路上，也不愿意换一种出行方式的人们，或许也有面子上的担心。如果不在意他人的目光，当然可以穿上笔挺的西装，戴上精心搭配的领带，蹬着锃亮的黑皮鞋，意气风发地骑着电动车，去参加一场宴会。

换言之，堵车也是一种身份和地位的象征。

时过境迁，我们不能像十九世纪的梭罗那样，到湖畔建一座小木屋。但我们可以选择简单自然的生活，控制自己的欲望，减少不必要的消费。梭罗在《瓦尔登湖》中写道：大多数奢侈品，以及许多所谓的使生活舒适的东西，非但不是必不可少的，而且必定阻碍人类的崇高向上。

在纷纷扰扰的城市，人人心中都能拥有一个瓦尔登湖。

河西巷色

河西，大约就是外秦淮河以西、长江以南这一片。听老南京说，十年前，河西还是荒芜之地，零星分布着工厂、作坊和菜地。天黑以后，街上空空荡荡，连公交车也乘不到。如今的河西，虽然跟新街口差不多，到处是摩天大楼、玻璃幕墙，一副CBD的模样，但高楼归高楼，人气这个东西，却非人力所能强求。跟新街口、鼓楼一带比，河西仍然偏僻而高冷，遑论和夫子庙、老门东比了。

一路骑车过来，感受尤为明显。五台山下年轻男女出双入对，广州路医院门口熙熙攘攘，汉中门大街步步难挨，莫愁湖、南湖菜场饭店云集。过了巨龙般的应天大街高架，再往南，汽车、人流渐渐减少。泰山路、嵩山路、黄山路、恒山路上的人就稀稀拉拉的了。往鱼嘴公园方向走，到了长江边，几乎就是荒郊野地了。

我喜欢少有人至的街巷。有些是尚未建成的工地，有些汽车通行不便，有些不愿意东弯西绕，有些纯粹无人知晓。我试了许多次，才发现这条捷径。小巷虽小，五脏俱全，景致丝毫不输大道。甚至因其小、不起眼，别有一番滋味。

一个杂乱的工地里，一对夫妻住在集装箱房屋里。集装箱外晾晒着衣服，空调外机上摆放着几盆绿萝。夫妻俩四十来岁的年纪，穿得干干净净，女的甚至穿着纯白衬衣。每天黄昏，两人搬了小板凳，坐在户外，几个菜、两瓶啤酒，无语对酌。有时晚上加班，经过那个工地，已经九十点。小巷阒寂无声，电动车如鬼魅般悄无声息，一阵忽然而至的忧惧充斥全身。集装箱房屋里灯光昏暗，隐约听见电视的声响和他们的笑声。那一点点微光，那一阵阵笑声，让我心里踏实。

面色黝黑的老头在小巷深处摆了一个修理铺。一块白纸板制成的招牌，修电动车、修鞋、修伞、修锁，修一切能修的东西。平时似乎少有人光顾，不知道他为什么挑了这么偏僻的地方做生意。老头无所事事时，经常把帽子盖在脸上，躺在椅子上打瞌睡。我甚至看到一只灰色麻雀，停在他乱糟糟的头发上，而老头浑然不觉。有一次，电动车行至半路上，锁芯突然断了——在我想扭开座位下的储物箱取出雨衣时。周边一阵寂静，我茫然不知所措。我突然想起那个老头。他的修车铺离这里不算远。我把车推过去，老头没说什么。过了五分钟，他就将锁芯修好了。骑着车离开时，雨滴飘落下来。如果不是他在这里，我也许就要把车扔下，冒雨等车，甚至步行上班。要知道，在这种地方等车是没有什么希望的。

如果出发得早，会遇到路上仍在劳作的清洁工人。他们大多是上了年纪的老人，穿着橘黄色的工作服，挥着竹扫帚，将地面上的树枝、落叶、塑料袋、包装盒、纸尿裤一一扫干净。有时候，他们会举着高压水枪，反复冲洗地面上的油污——那是夜宵摊留下的痕迹。这样的痕迹每天冲，每天有，仿佛永远也清洗不掉。如果我每天这个点出发，就会看到这个老头一直保持着手持高压水枪的动作。有只猫死在烧烤摊不远的地方，大约是被汽车轮胎压过，白花花的内脏流出来。老头找了一个鞋盒，将那具猫尸铲进去。他捧着那盒子到河边，东张西望，看起来想找个地方掩埋。我顾不上等待，骑车从环卫车边上迅速经过。

郝景芳在《北京折叠》中，以科幻的方式写出了阶层之间的割裂。有时候，我觉得自己跟老刀也有几分相似。每天骑着车，在不同的空间中穿梭。进入大楼，穿上笔挺西装、锃亮皮鞋，扮演一个白领。走出大楼，套上防风衣、绑上护膝，跟那些为了生活而奔波的人也没多大区别。当我与集装箱夫妻、修车老头、清洁工人等等近距离接触时，才会在钢筋水泥的城市中感到些许暖意。

骑行好时光

每次出发前，最担心的还是下雨。特别是到梅雨季节，整日淅淅沥沥、绵绵不绝地下雨，路上湿滑，视线模糊，骑行尤为不便。如果来一场暴雨，只好困在某处，兜兜转转，等雨小了再出发。若是非走不可，只好披上雨衣、穿上鞋套，做好被淋湿的准备。那种湿漉漉、潮乎乎的感觉，几乎不可言状。

秋天——一年中最好的骑行季。天气清爽，冷暖宜人，免去了防风衣、挡风被、棉手套的束缚，电动车骑得更加轻快。把手扭动，车如马驹般驰骋出去。中秋快到时，天空一天天变得湛蓝、透明，城墙下、公园里的桂花悄无声息地开放。骑行经过，一股沁人心脾的花香随风而至。有些老人搬了椅子躺在树下，一粒粒桂花掉下来，落在脸上的沟壑之间。天气渐渐转凉，将银杏叶染成金黄。北京西路上、南大校园里的银杏林霎时间金光灿烂，落日余晖之下，让人心中生出华美而庄严的感觉。几天之后，再骑车经过，银杏叶已经落光，在地上铺了一条金光大道。年轻俊美的男女走在上面，恍惚间，竟然有电影画面般的感觉。

女儿有一两年时间在紫金山东郊学画。夏天，我带着她骑行十几公里，从河西到城东，沿途经过汉中门、新街口、中山门，从最繁华的市中心到森林摩尔、苜蓿园、明孝陵这样的城郊。眼前风景也从摩天大楼变幻成大片绿色。进入环陵路，高大的悬铃木（所谓法国梧桐）将整条路遮蔽得严严实实。北京西路、升州路、长虹路、颐和路都是悬铃木大道。骑行其中，丝毫感觉不到酷暑。

到了春天，悬铃木却成为人人痛恶的对象。三月间，飘絮飞扬，随风进入脖颈、眼睛、鼻腔、耳朵、嘴巴，身上瘙痒、鼻子过敏、喷嚏不断，一切不适纷至沓来。行人紧紧包裹自己——帽子、口罩、围巾，以远离这种侵扰。春天并非一无是处。春暖花开，草长莺飞，骑行中最美的风景，集中在这个季节。

梅为春之首花。天寒地冻时，一株株梅花冒出来，预示春天就要来了。天气暖和一些，粉色的樱花、白色的梨花、红色的桃花纷纷开放。凋零了一个冬季的街巷，一时间色彩斑斓。鸡鸣寺的樱花开了，有的云蒸霞蔚，有的含苞欲放，有的凋谢之后长出新叶。几座庙宇错落于山坡之上，青灰色飞檐刺向天空，与樱枝遥遥相对。夕阳透过悬铃木，将白色樱花染上一层红晕。城墙上的奥运五环硕大无比，凝视间，灯光亮了。五环色彩斑斓，如彩带般飘动起来。

蔷薇花跟着热烈起来。沿街的某个住宅，铁栅栏上爬满了藤蔓，平日里少有人留意。到了四月底，无数蔷薇花冒出来，将铁栅栏装点成赏心悦目的花墙，散发出扑鼻的清香。行人经过时，情不自禁驻足，欣赏这不期而至的风景。久而久之，蔷薇花墙成为网红景点，无数人慕名而至。身着和服、脸颊窄长的姑娘，撑一把油纸伞，左顾右盼，摆出各种姿势；戴着老花镜的老人，弯腰谛视一台放置在三脚架上的佳能5D2相机，反复摆弄参数，迟迟未按下快门；穿着红色呢子外套、戴着丝绸围巾的大姐，将华为手机调至专业模式，手指往外扒拉，五片花瓣触手可及。

冬天骑行，其艰难远甚夏日。夏日里，在墨镜、帽子、防晒衣的隔离之下，徐徐暖风吹拂，也不觉炎热。而冬天，无论你穿得多么厚实，寒风总能寻着一处缝隙，进入身体。那是真正的寒风刺骨、面颊结冰。到了冰天雪地的日子，骑车需具备杂耍般的技艺。慢行、不刹车、沿着汽车车辙，都是血的教训。幸好，这样的日子一年中也许只有一两个星期，真正路面结冰的时候少之又少。

骑行之妙，其中之一就是能体察到四季流转。所谓体察，就是真正身体力行，用皮肤感受，用鼻子嗅闻，用耳朵倾听，而不是看朋友圈或墨迹天气。如今，无处不在的空调、暖气，让我们在感到更为舒适的同时，也对季节更迭的感知变得迟钝。而当你看到满树樱花灿烂如雪，当你闻到幽幽淡淡的桂花香，当你感到悬铃木树荫下的凉风拂面，当你在寒风瑟瑟中艰难前行，你真切地明白：时光，又过去一年。

故事无穷已

每天的骑行时间，是完全属于自己的世界。在近一个小时里，没有工作的干扰，没有孩子的纠缠。骑上这辆车，仿佛跨上一匹骏马。它在大街小巷里驰骋，踏过青草、溪流与山坡。我尝试不同的道路，饶有兴致地看那些店铺、人群，看树木、花草、鸟雀，看天空、河水、城墙，一年四季的流转，道路上千姿百态的招牌，莫名其妙的冲突，醉酒男人坐在街上哭嚎，浓妆女子翘首盼望出租车……

有一天黄昏，经过一座大桥时，看见西面天空色彩绚烂，一轮蛋黄般的落日软软垂在天际。倏忽间，夕阳隐入云彩间。云层如油彩般层层叠叠，从深灰到浅灰，从淡黄到绯红再转紫红。那些建筑、街巷、河水也染上一抹光晕。太阳落下，云层无光，天空褪去颜色，千家万户的灯还未点亮。城市在这一刻变得暧昧、晦暗。美好的东西如此短暂，譬如青春朝露，心中涌起莫名忧伤。

到了晚上，秦淮河换了模样，从灰头土脸变得璀璨夺目。从大桥上望过去，那些红的、绿的光投射在水面上，一阵微风吹过，五颜六色荡漾开来。桥底下有人吹萨克斯，旋律悠扬婉转，一遍又一遍地吹着《回家》。听得久了，便觉着那单调熟悉的曲调里面有一丝忧愁，好像在呼唤亲人，又好像在讲述某种孤独。桥洞常年盘桓着无家可归的人，他们听到这些旋律，会想起曾经的家吗？

经过医院门口，瞥见马路边聚着一群人。一辆警车停在边上，红色警灯兀自闪烁。一辆电动车倒在汽车边上，一位头发散乱的母亲抱着孩子，大声呼唤："儿子哎儿子，儿子哎儿子！"她不停重复这句话，完全听不见警察和围观者的劝解。孩子神色安详，身上并无血迹，仿佛只是昏睡过去。离开许久，那呼唤声依然在耳边回荡，心中忐忑不安。世事无常，谁知道厄运会降临在谁的头上？

清晨骑过集庆门，烟雾迷蒙，景物亦真亦幻。等红灯时，隐约看见不远处店铺倒挂着三具惨白的躯体，红色灯光映照，场面甚为骇人。走近之后，发现那是牛羊肉店。蓦然想起一幅画。未来，动物成为地球的主人，人类被控制、被豢养，成为它们的食物。人类也像这些牛羊一样，被屠宰之后，一具具倒挂在铁钩上。习以为常的画面，因身份转换，让人感到触目惊心。有一种残忍，叫作熟视无睹。

诸如此类的场景，几乎无穷无尽。

有一段时间，我很喜欢在路上收听各种故事节目。卖章鱼丸和奶茶的小老板拥有一波三折的经历；在加拿大做打猎向导的北京人按照当地政府法令猎杀黑熊，讲述真实版的"老人与海"；炒比特币实现财务自由的年轻人，母亲却患上癌症；纪录片导演跟拍毒贩，卧底三和人才市场，真实反映底层人民的生活和精神状态。其中，有个电影学院的年轻女孩为了收集素材，到网上注册成为“虚拟女友”。每天深夜，她接到许多奇怪的电话，有做护士工作的“拉拉”、不断出轨的公务员、对婚姻不满却无力挣脱的男子。她很惊讶，那些兢兢业业的职场人士，背后却有许多不可告人的秘密。他们对身边人守口如瓶，却对一个陌生人毫无保留。

这不为人知的一面，却是真实的人生。孤独、寂寞、恐惧、仇恨、嫉妒、欲望、痛苦、悲伤、喜悦，无论哪个国家、哪个民族，人类的情感是相通的。只不过，在日本，人们在深夜食堂对着老板泪流满面；在中国，他们在深夜对着“虚拟女友”絮絮叨叨，仅此而已。还有多少隐秘，在我们的日常经验之外？

天空不留痕迹，鸟儿却已飞过。日复一日，年复一年，我在这城市里骑行。树木依旧、城墙依旧、房屋依旧、河水依旧，有些人、有些事却在悄然改变。看似波澜不惊的城市，具体到某个家庭、某个人，也许每天都有惊心动魄的故事。朝九晚五、两点一线的生活，因为这些浮光掠影的故事，变得充盈而厚实。

只要城市有人，故事也就无穷已。

苏州掠影

之一

如果用一个字或一个意象来描述苏州，“水”，也许是最合适的吧。

尽管这座曾经枕水而居的城市已经变成一座现代化都市，但“水性”和“水韵”仍未消失。范小青曾经写道，离开了水，苏州就是一座枯城，一座空城，一座没有生气、没有活力、没有灵动，甚至没有灵魂的城。听听纯正的苏州话吧，难道不像梅雨天滴落在天井里滴滴答答的雨声？没有一个地方的方言像苏州话这样迷人，尤其是年轻女子的吴侬软语，仿佛声音里浸透了江南烟雨的水雾，听得你的心酥酥软软的。不信的话，再尝尝这里的四季时鲜：春天的青团子、碧螺春，夏天的茭白、莼菜，秋天的大闸蟹、鲈鱼、鸡头米，冬季的鳜鱼、鲴鱼……上天馈赠给苏州的食物，哪一种离得开水的滋润？又或者，去看看苏州的风景：依水的环境造就了水巷、小桥、驳岸、踏跺、码头、水墙门等景观，平江路、山塘街、拙政园、西园寺……哪一处没有一条河流，或者游着几尾金鱼的池塘？如果苏州博物馆里的那些假山、白墙、黑瓦缺了一湾清水，会失去多少意境。

看似柔弱的水，骨子里却有一种坚韧。苏州人的性格也像这水的个性，看起来温文尔雅、与世无争，实际上心里自有一种坚持和韧劲。你看那繁复精美的苏作工艺，如果没有水滴石穿般的执着，如何能忍受几年的寂寞孤独，一针一针地绣出来，一刀一刀地刻出来？最能体现苏州审美的，是苏式园林中随处可见的太湖石。它们的每一个孔洞、每一道痕迹、每一个转折，都是时间和水的艺术。

还有那些水面之下、看不见的东西，那里有另一个“苏州”，或者说苏州人的另一面。人们眼里看到的是光鲜亮丽的一面，苏州当然也有灰色不堪的一面。梅雨季节来临的时候，老街老宅里潮湿阴暗，甚至堕落丑陋，令人难以忍受。游客眼里的小桥流水、枕河人家，不过是苏州人的日常生活。煤卫尚未普及的年代，他们在河里洗衣、洗菜、洗马桶，街上苍蝇飞舞，河水污浊不堪，散发出令人窒息的气味……

之二

苏州于我，似乎是一个美丽虚幻的梦境。多年前，在武汉长江大桥下，我的手机突然响起，里面传来亲切酥软的女声：

“愿意来苏州工作吗？”此时，一列火车从大桥上轰鸣而过，地面一阵轻微震动，整个身体随之颤动。苏州，苏州，尽管从未到过这个地方，对苏州园林、苏作工艺、苏式生活，却早有耳闻。

苏州于我，始终是一个模糊暧昧的存在。一个烟雨蒙蒙的日子，我第一次来到苏州。一个人走到巷子、走进园林，痴迷于那些造型各异的桥、亭子、花园，迷惑于老宅里的老人、往事和秘密。然而，新鲜劲还没有过去，就突然离开，去了三十公里外的一个县城，一住就是好多年。那些年里，我与苏州一直若即若离，从未远离，也从未真正靠近。有一天，我搬到南京，与她真的擦肩而过了。

我不知该如何描述我的苏州。想起苏州，脑子里出现的是一个一个画面。我曾在东山上，看漫山遍野的果树，紫红色的杨梅和金黄色的枇杷装饰了整个岛屿，快艇在水面上划出一道美丽的弧线。我曾漫步平江路，走进一家一家书店、咖啡店，随意侧身挤进一条逼仄巷子，也许就能碰见苏州作家笔下的小巷人物。我曾在月圆之夜，陪同朋友去网师园听昆曲，品尝着刚上市的碧螺春茶，在“咿咿呀呀”的旋律中，感受千年古城的精致。我曾沿着老城墙和河边栈道，从盘门走到相门，看一轮新月透过柳枝，弯弯曲曲地映在流淌了两千多年的河水上。我曾与一群朋友，在木渎、桃花坞的书房里，热烈谈论苏式生活、苏州文学与苏州人，感受传统苏州的宁静、清淡、闲散。我曾久久坐在金鸡湖畔，看着红色夕阳缓缓沉下，东方之门倒映在湖水之中，形成一个巨大的美丽幻影。我曾带着孩子去阳澄湖夕露园，看见秋日的蜻蜓在芦苇上停留，翅膀上闪烁着金色光芒。我曾坐在甪直、周庄的临河茶馆里，看清晨雾气在水面上蒸腾，乌篷船从雾气中穿过，打破河面的宁静……

之三

每一个人心中都有一个属于自己的苏州。陆文夫的苏州精致迷人、含蓄优美、幽幽淡淡，充满了苏式生活、俗世生活的市井气息；范小青的苏州平凡平淡、烦琐细碎，上演着“芸芸众生、市井小民”的悲喜人生；叶弥的苏州空灵神秘、舒缓从容，讲述着各式人物的宿命；而苏童的苏州阴柔绵密、腐败绝望、庸碌嘈杂，散发着香椿树大街上少年血的浓烈气息和南方独有的霉味。

苏州让人羡慕的，不仅有园林、美食、四季分明的气候、富饶土地的丰富馈赠，还有延绵不绝的文脉。两千多年传承下来，苏州人耳濡目染，也沾染了文化气息。一个普通的苏州人，也许是出租车司机，也许是杂货店老板，也许是小作坊工人，他们看起来毫不起眼。接触时间长了，你会发现他们总有一门擅长的手艺，或写字，或下棋，或雕刻，或弹琴，或唱戏。苏州人似乎对做官的兴趣不大，他们沉迷于自己的小天地里，过着自己精致的小日子。这些爱好通常是家庭传承，当然与谋生无关，是一种生活追求，或者说是超越生存本身的一种审美需求。

文化或教养，或让一个人的行为不自觉地变得体面，不愿也不大做得出粗野鲁莽之事。任何出格的行为都会遭到众人谴责，任何不体面的行为也都会受到唾弃。在一些外地人看来，或许会认为这是一种“做作”。也许，教养本身也是一种束缚，让你不能过于坦诚地表达自己的想法，要考虑别人感受，

照顾各种情绪。尤其是深宅大院里的大家庭，关系复杂，规则繁多，充斥着善意谎言、精心周旋。

这些文化特质，这些矛盾纠缠，这些说不清理还乱的家长里短，这些普通人的挣扎和欲望，让苏州城有写不完的人和事。作家们貌似在写苏州，其实在借着苏州这个地方，写人性深处的温暖、孤独或寂寞。就像福克纳说的："我的像邮票那样大小的故乡是值得好好描写的，而且即使写一辈子，我也写不尽那里的人和事。"

之四

"老苏州""新苏州""洋苏州"，存在多个维度的诠释。从地理空间上看，讲的是老城、新区和园区；从文化上分析，代表着传统文化、现代文明和外来文化；从居住人群来划分，可以是本地人、外地人和异国人；从宏观上看，可能是苏州的前世、今生和未来；对个体而言，或许是一个人的过往、眼前和远方……

苏州的迷人之处，也许正是这些说不清道不明的"暧昧"。有了暧昧，就有了解释和误读的空间。苏州本地人和外来人对苏州的感觉很不一样。本地人当然爱苏州，也常常抱怨苏州发展太快、外来人口太多，丢掉了一些原本的传统的质朴的东西。可能是老城区的白墙、黑瓦、古树、园林，可能是老街老宅熟悉的街坊邻居，可能是人与人之间的温情与体贴，也可能是传统生活的悠闲笃定。

外来人带着对苏州的憧憬和向往，像潮水般涌入这个"最

是红尘中一二等富贵风流之地”，来了就不想走。他们热爱这里的精致灵秀，热爱这里的现代摩登，热爱这里的谦恭有礼，热爱这里的温润舒适。他们浮光掠影地爱着苏州，自以为是地爱着苏州，庸俗不堪地爱着苏州，一厢情愿又一意孤行地爱着苏州。

“东方威尼斯”，很可能是马可·波罗式的外国观光客起的名字。意大利威尼斯为什么不叫“西方的苏州”呢？苏州就是苏州，从阖闾大城到精美园林，水陆并行，人城交融，阴阳结合，移步换景，每一个场景，每一个细节，体现的是东方智慧和艺术。两千多年间，古城一再被摧毁又重建，但基本风貌并没有根本改变。也许“东方威尼斯”更符合西方人想象吧，更能直接表达他们心中对东方的向往。

苏州是无辜的。她像一个倾国倾城的女子，与世无争地过着自己的日子，从未招惹或勾引过谁。许多男子被她的美丽吸引，为她争风吃醋，甚至大打出手。等头破血流、无家可归时，回过头来，长叹一声：“红颜祸水啊！”

之五

苏州是一个回归人性的城市。

与北方那些大气、庄严的建筑相比，苏州的一切都显得精巧、细致、自然、柔美，而且很少有对称。典型的苏州园林，进门必有照壁，挡住你的视线。沿着弯弯曲曲的走廊，会看到不同风景。走得累了，前面就是一个亭子，让你坐下来歇一歇，几尾金鱼、几只鸳鸯在水里嬉戏，亭台楼阁倒映在水中。再往前走，透过前方一个门洞，也许能望见庄严古塔，远近风景形成了一幅中国山水画。有时停下来，细细欣赏一个局部，或者是一块精美的砖雕，或者是一幅隽永的楹联，或者是一堆造型别致的假山，或者是粉墙前一架年代久远的紫藤。看得越久，越能感受到其中难以言说的意境。看得越久，越是觉得其中蕴含着无穷世界。

这样的建筑，寄托了人的情感，体现了平凡人对理想生活的追求。那些在政治中受伤的人们，隐身于这样的世外桃源，度过安逸晚年。“退而思之”的大臣造了退思园，“拙于政事”的御史住进了拙政园。从伍子胥“相土尝水、象天法地”造城始，苏州就是一座“天人合一”的城市，远离政治中心的城市，老百姓安居乐业的城市。城市的仪式感减弱了，烟火气增强了。在这样的城市，人不再是城市的负担和累赘，而是创造城市、建设城市的主体，甚至是塑造城市灵魂的上帝。

人的一生重峦叠嶂、迷雾重重，谁能一眼看透？历经世事的老人怀着善意教育年轻人，年轻人却不屑于听。唯有亲身经历，才能理解人生的艰难、曲折、痛苦与幸福。佛语有云："须弥藏芥子，芥子纳须弥。"英国诗人威廉·布莱克诗云："一沙一世界，一花一天堂。"人的内心无比广阔，足以容纳整个世界，何况是苏州。

之六

我认识的许多苏州朋友并非纯正原住民。当然，所谓原住民，他们的父辈、祖辈，也是从上海、苏北等地迁过来的。这些朋友许多是文学从业者或爱好者。他们来到苏州后，受到本地文化风气影响，自觉或不自觉地参与苏州文化的继承、发扬和创造。其中有一位来自东北的诗人，来到苏州后，如鱼得水，再也不愿回到天寒地冻的家乡。气候宜人是一方面，更重要的是，这里有他诗歌的知音。

这些先入为主的形象，让我留下对苏州人的最初印象。除了苏州方言，他们的行为举止、生活习惯，与土生土长的苏州人并没有区别。苏州人，是一个宽泛模糊的概念。苏州人的性格特征，归纳起来，也许是温文尔雅、与人为善、崇文乐学、真诚务实等等。但苏州人千差万别，这样的概括是不准确甚至是片面的。在苏州生活这几年，会听到朋友对某人评价，说他不像苏州人。其实，此人是原住民，在老街小巷长大，开口就是地道苏州腔。这里说的"苏州人"，也许指的不是籍贯，不是出生成长的环境，而是一种文化上的概念，一种想象的群体。是的，一种想象的共同体。他们认为，苏州人应该如此，理应如此。虽然实际上许多苏州人并非如此。这种想象，让许多素不相识的人，有了一个共同的身份——苏州人。

许多苏州人不愿意离开苏州。即使不得已离开，对苏州也是念念不忘的。他们的心始终留在这里。苏州，也许是许多人挥之不去、不愿醒来的梦。她的柔软，她的温暖，她的亲切，她的包容，让你无法抗拒。苏州，对每个人是公平的。你爱着苏州，苏州也恋着你；你愿意留在苏州，苏州也存在你心里；你对苏州有多眷恋，苏州对你有多缠绵。这些外地来的朋友，他们直接参与苏州文化创造，进而获取进入苏州灵魂深处的秘密钥匙。他们可以理直气壮地说："我是苏州人。"

此心安处是吾乡

坐在窗前，雨滴若有若无地落在玻璃上，然后铆足劲、略显笨拙地往下冲。眼前渐渐花了，朦朦胧胧的，那些树、假山，还有池塘，梦幻般地，出现在眼前。由春入夏，刚刚经历明媚、粉嫩，很快进入梅雨，绵延不断的雨。这种季节最适合做的事，就是静静待在家里，像这样，看看书，写点自己的东西。

苏州的雨轻盈、细腻、温婉，有一种迷人的味道。郁达夫写下名篇《苏州烟雨记》，陆文夫、范小青、苏童笔下也常常见到雨，苏州人对小巷、雨、水、园林有一种纯粹的、由衷的热爱。坐在苏州园林里听雨、观雨，别有一番风味，李商隐诗“留得残荷听雨声”，大概也是这种意境。

第一次到苏州时，也是这样烟雨蒙蒙的季节。那时，带着毕业前的喜悦、惆怅，以及对未来的期盼、惶恐，踏上去苏州的火车。下了火车，坐38路公交车。过了护城河，见到白墙灰瓦的房屋、古色古香的公交车站台，还有高耸入云的北寺塔。街道干净整洁，古旧建筑繁多，绿树成荫，这是我对苏州最初的印象。

雨停了，街道湿漉漉的，空气潮湿、温热。走在巷子里，煤炉、柴火、小店铺、污水、菜叶，日常生活悠长而缓慢，吴侬软语“叮叮咚咚”响起，如风铃般声声脆、声声软。开始只觉好听、好玩，就是听不懂。身边一帮苏州老师傅开会，开口闭口也是“叮叮咚咚”。我装着很认真地听，结束后再厚着脸皮去问。师傅们倒也善解人意，有意说普通话，但语速一快，不觉又讲回苏州话。

到苏州第一年就赶上暴雪封路，困在宿舍回不了老家。眼看过年了，孤苦伶仃，愁绪难解。班长为人宽厚，待人热忱，知道我是外地人，就接我去跟他家人一起过年，吃年夜饭。心里暖洋洋的，便跟父母说，不要担心，这里有朋友。想起到苏州前，导师跟我说，十几年前到苏州，皮夹子丢了，急得不得了。苏州朋友对他说，苏州民风很好，没有小偷，丢了东西肯定能找回来。果真如此。

外地朋友到苏州，我喜欢带他们到苏州小巷里走走。苏州园林，水乡古镇，固然是苏州文化，但真正的苏州生活还是在逼仄巷子里。早晨时，一碗甜豆浆或咸豆浆，配上大饼，或是红汤大排面，吃得有滋有味；中午做个莼菜汤、银鱼炒蛋、清炒虾仁；到了晚上，肥而不腻的红烧肉、白灼虾，几两沙洲优黄。春天有正仪青团子、西山碧螺春，夏天的太湖茭白、莼菜，秋天的大闸蟹、鲈鱼、鸡头米，冬季也不单调，鳜鱼、羊肉、鲴鱼、酱方、万三蹄。苏州人过日子四季分明，吃东西也讲究精致，让我这样的新苏州人艳羡，原来日常生活可以这样。

有一段时间，我特意去学习苏州话，看《施斌聊斋》，听苏州评弹。慢慢地，融入了苏州人的生活，身边苏州朋友也多起来。好友M诙谐幽默，喜欢开玩笑，调侃别人。开始不了解，觉得有些尴尬。但是每次我回老家，平日大大咧咧的他总不会忘记让我带些苏州特产给家人。有时候想：嗯，我得好好感谢他。但还没张开口，又被他狠狠地调侃一番。后来习惯了，发现许多苏州人都是这样，内心淳朴真诚，表面却嘻嘻哈哈，喜欢调侃。苏州人不喜欢夸海口，他们不声不响就帮你把事情做了。事情做好了也不言语，直到你自己发现，去问他了，才会对你笑一笑，点点头。

M是典型的苏州文人，对文学有一种发自肺腑的热爱。在他的影响和引荐下，我也结识了不少苏州文人。随着交往深入，才发现苏州文人之多，创作范围之广泛，诗歌、散文、小说、剧本、歌词、儿童文学等，各个领域都有出类拔萃的人。还有很多文学爱好者用业余时间写文章，甚至还从事文学研究工作，而且取得了很不错的成绩。或许这就是苏州文脉的延续，就是所谓的崇文精神吧。

老诗人S跟我是忘年交，热心组织文学沙龙。朗诵起自己的诗歌，虽然一口苏州普通话，但感情充沛、声音浑厚，还有丰富的表情，我听了也觉得很感动。老先生不仅会写诗，还会玩笛子、箫等乐器，早年间下过苦功。春暖花开的时候，我们约好去虎丘或艺圃。玉兰花亭亭玉立，樱花热烈灿烂，桃花也不甘寂寞，柳树发出细细嫩芽。在这样的氛围里，我们一起喝喝茶，切磋箫艺。老先生气息稍弱，但韵律掌控功夫尚在，一曲《苏武牧羊》幽怨绵长。我奏起古曲《梅花三弄》《凤凰台上忆吹箫》，老先生侧耳倾听，兴起时拊掌大笑，惹得旁人一阵茫然。

很多人到了苏州就不想走，苏州的气候、饮食、风景、人文，对外地人都有强烈的吸引力。当初，我准备回到湖南老家工作，但听到电话里传来“苏州”二字——虽然我之前从未来过苏州——便毫不犹豫答应了。近年来，苏州的外地人越来越多，据说已是本地人的两三倍。当然，纯粹的苏州人也很难定义，往上数几代人，有哪家人是一直生活在这里的呢？老苏州人对新苏州人还是包容的，这是我的切身体会。在苏州这几年，很少有人会嫌弃外地人如何如何。

转眼，到苏州也六七年了，我在别人眼里也渐渐成为苏州人。虽然骨子里我还是个地地道道的“霸蛮”的湖南乡下人，但在耳濡目染、感同身受下，或许我自己都没有发觉，自己的性格脾气、言谈举止，逐渐染上水墨苏州的一抹文气。

俗世天堂

奥尔罕·帕慕克在《伊斯坦布尔：一座城市的记忆》中，反复书写了这座城市特有的“呼愁”。我相信，每座城市都有自己的灵魂和特质，北京的大气、南京的沉重、台北的悲情、拉萨的神秘、苏州的舒适。与伊斯坦布尔形成鲜明对比，每次来到长沙，我都会感到莫名的轻松、愉快，似乎这座城市流淌着快乐血液。

其实近代史上，长沙拥有许多悲痛记忆，文夕大火几乎烧光老长沙所有的痕迹，几次会战惨烈之极。杨度说“若道中华国果亡，除非湖南人尽死”，一语道尽湖南人“吃得苦、耐得烦、不怕死、霸得蛮”的个性。或许“电视湘军”异军突起，让整个长沙精神面貌悄然改变。特别是二十世纪九十年代开播的《快乐大本营》，一时引领电视娱乐风骚。当年我在长沙念书时，许多同学看了“大本营”才想着来这里念书。

到了长沙，见明星不易，见美食很容易。同学们最初看到的就是校园门口便宜好吃的美食，每个人出两三块钱就可以点菜，油炸藕夹尤其受欢迎。记得坡子街、步行街的臭豆腐、糖油粑粑，火宫殿的龙脂猪血、红烧猪脚，白沙古井甘甜可口的井水，橘子洲上漫山遍野的果树，以及大街小巷里数不清的饭店。

学校对面有一家厂房改造成的饭店。偌大空间里摆满简易桌椅，桌旁放置黑色工业电扇，桌上摆满当季美食和各色啤酒。毕业季时，一拨又一拨学生在里面聚餐，有时几百人挤在饭店里。风扇吹过哗哗啦啦，醉酒的人山呼海啸，菜进油锅发出吱吱声，还有油烟味道、饭菜香味、人体气味，构成一幅奇异的狂欢之夜景象。

湘江边上的林荫大道又是另一种氛围。早晨或黄昏时，一群群老人聚集在一起，或下棋，或拉二胡，或唱歌，或打太极，或念诗。有人把帽子盖脸上，躺在江边窄窄的护栏上，看得人心惊肉跳；有人做出高难度瑜伽动作，整个身体扭成麻花；有人带着茶水茶壶，在树荫下一遍一遍泡茶，闲聊；还有人拿着粗大毛笔，在地上蘸点水，专注模仿毛体：独立寒秋，湘江北去，橘子洲头……据说主持人汪涵在江边不远的楼上开了一家书店，每天接待三十人，以文会友。

汪涵说得一口地道长沙话，还能模仿湖南甚至全国各地的方言。长沙话语调夸张，多以仄声为主，听起来颇具喜感。相声演员大兵和奇志的长沙话表演，特别是双簧，给长沙人带来许多欢乐。他们的一些段子融入长沙人的日常口语中，成为这座城市的共同记忆。湘乡话发音尤其独特，同省人也难以理

解。当年曾国藩带领湘乡老乡在战场上冲锋陷阵时，类似暗语的土话也许帮了他的大忙。

湘地多丘陵，俗语说“五里不同音，十里不同调”，各地方言和美食大不相同。譬如说湘北的蒸菜、钵子菜，在湘南就很少见。我老家流传甚广的“永州血鸭”“东安鸡”之类，一般湘菜馆菜单上也见不到。纪录片《湘当韵味》模仿《舌尖上的中国》，拍摄了湖南各地美食，但仍有许多遗珠。平常意义上的湘菜，本省人倒没有明确概念，各地有各地的经验传承，更多是一种抽象的概念。

“韵味”二字，深得长沙话精髓。“有味”，或“韵味”，在长沙人生活审美中占据重要地位。“有味”最初或许指饮食，后来渐渐延伸到生活的方方面面，一部电影、一本书、一种工作环境、一个人的个性等，似乎都能用“有味”来形容。一句“好有味咯”，说尽了世俗快乐。与“有味”相对应的，当然就是“有味”。

长沙人乐此不疲地追求“有味”，体现在城市生活的方方面面。长沙城遍地能见到各式麻将馆、小吃店、酒吧、夜宵摊。岳麓山脚下有两座著名大学，两所大学中间有一条著名的“堕落街”，街上布满密密麻麻的小店，美甲的，文身的，卖女孩子小玩意的，各种网吧、米粉、快餐店……曾在“堕落街”上一家煲仔饭店品尝现做的米饭锅巴，配上蒸腊肉。在这里，就算是饭量不大的人，也很难抵抗多吃的诱惑。

或许这世上有两种天堂。一种是苏州这样的，拥有鱼米之乡的上天馈赠，积淀了几百年的精神传统和世风人情，把平常生活过得无比精致，依靠双手创造出苏式园林和双面刺绣的精妙艺术，所谓“人间天堂”；还有一种是长沙这样的，热热辣辣、没心没肺、纯纯粹粹地享受肤浅快乐，深受普罗大众喜爱的“俗世天堂”。

电台里的青春

宿舍熄灯后，另一个世界很快来临。下铺的光头张瞬间响起鼾声；对面罗大棍戴上Walkman，轻声哼起HOT的新歌；老杨和大伟还在辩论国家大事，语调越来越高，似乎谁也说服不了谁；豆子沉浸在广播里，专心听着类似《人之初》的两性节目，不时发出一阵猥琐笑声；我也打开电台，调到喜爱的频道。

那时，电台或广播还处于它的黄金年代。音乐电台、文艺广播拥有大量拥趸，夜话节目的热线常常被打爆。校园广播也是一个许多年轻人向往、充满神秘感的地方。山西女生柴静当年在长沙铁道学院念书，最初在校园广播里做播音员，写信给电台，“尚能也曾有梦，可否帮我成就梦想”，果真进入湖南广播电台。

尚能的《夜渡心河》是长沙广播夜话招牌节目。巅峰时期，主持人却选择了结自己的生命，让许多人不解，包括那时跟他共事的柴静。柴静后来写《用我一辈子去忘记》，跟这段经历不无关系。也许是在电话里接收了太多负面情绪，夜夜开导别人、渡人心河，自己背负的却太沉重，无法释怀。接替尚能的，就是伴我多年的罗刚。

夜里十一点整，伴随着小提琴演奏的《神秘花园》，罗刚富有磁性的声音出现在耳边，年轻骚动的心也安定下来。女孩失恋了，男人出轨了，已婚女人爱上别的男人，已婚男人爱上年轻女孩，诸如此类的话题，每天能从他的节目听到各种版本。其实，他不乐意聊那些不痛不痒的爱情。听到幼稚的提问，他会毫不客气地怒斥，甚至挂断电话。这种痛快性格，让年轻人更加热爱和尊敬他。

一个夏日的深夜，清亮的月色透过宿舍玻璃，恰好映在我的脸上，带来几许清辉。山形、桂树此刻也特别清晰，仿佛伸手就能触及。那天，罗刚没有接任何电话，他说要读一篇小说。伴随着哀伤的音乐，他缓缓读道：我的儿子昨天死了——为了这条幼小娇弱的生命，我和死神搏斗了三天三夜，我在他的床边足足坐了四十小时……他花了两个晚上，在广播里读完了这篇小说。我立即去图书馆找到《茨威格小说集》，读了《一个陌生女人的来信》《一个女人一生中的二十四小时》。那种语言描绘出的复杂情绪、心灵深处的细腻情感，让我感受到文学的巨大魅力。

大学二年级时，我报名参加学校的诗歌朗诵会。用我带着湖南口音的普通话，朗诵了徐志摩的《再别康桥》，结果当然是没有入选。后来又选修了学校的文学课、诗歌写作课等，潜意识可能也受到广播影响。豆子听了广播里的节目，买了多款增高产品、滋补中药，花光了他做家教挣来的辛苦钱，虽然效果不佳。大棍的梦想就是能上音乐电台做一期专题推介，他与乐队的兄弟们苦练吉他许久。

张震讲的鬼故事，又是另一种氛围。夜深人静，灯光全熄灭，窗外也一片漆黑，全宿舍的收音机调到同一频道。突如其来的声音、忽大忽小的声音、幽幽怨怨的女声、沉重衰老的老人声……张震能模仿各种声音，用声音传递紧张情绪，制造出特别的恐怖气氛。到了零点，老杨故意溜到隔壁，拨响我们宿舍的电话。“叮叮叮叮……”睡在电话边的豆子同学，常常惊出一阵怪叫，用棉被蒙上头，半天不敢出来。后来，我看了许多恐怖电影，没有一部能与深夜里的鬼故事相媲美。

再次收听电台，已经不需要收音机。跑步或上下班路上，我常常戴上耳机，收听马世芳的《听说》、梁文道的《一千零一夜》和蒋勋的《细说红楼梦》。这个世界提供了太多信息，让我们深陷其中，不知如何选择。大学时代相对单纯的生活，使我更能沉浸在收音机世界。随着电台远去的，还有那些青春的荷尔蒙。

大蛇游过武汉

想到武汉时，我突然记起那条蛇。那天，我们去户部巷，经过一条小街，看见一群人在围观什么，发出一阵“嚯嚯”声。踮脚，探头，只见一条硕大的长蛇挂在水泥电线杆上。正午阳光下，青灰色鳞片发出冷峻的光。一位光头赤膊男子，手提利刃，眼露精光，仔细打量着这条长蛇，正欲寻找地方下手。我和朋友不忍见血腥场面，疾步离开。多年过去了，那条蛇绝望无援的模样，仍留在我的脑海里。

那条大蛇如何游到武昌最繁华的地段，已成为一个秘密。但以武汉人的性格脾气，抓住一条大蛇，不在众人面前展示一番，似乎少了许多乐趣。出了户部巷，就是轮渡码头。池莉小说中男主角常常从这里推着自行车登上轮渡，缓缓渡过长江，来到汉口，走进汉正街、吉庆街，或者一条破破烂烂的逼仄巷子，走到一家卖鸭脖或热干面的夜宵摊前，与俏丽泼辣的老板娘聊着，开始一段“生活秀”。

这些早餐店，或夜宵摊，与平常人的生活须臾不可分离。早餐少不了一碗热辣劲道的热干面，配上芝麻酱和各种作料，蹲在地上吃得入味。热干面的店面不论大小，“苍蝇馆子”的味道也许更正宗。夜晚时，虎泉等地的夜市开张，各种烧烤店热火朝天，赤膊汉子流着汗，伴着音乐，有节奏地烤着凤爪、鸡翅、鱿鱼，吃客们也淌着夸张的汗。如果凌晨三四点你还在街上晃荡，或许能见到某家牛肉粉店前正排着长长的队。这些执着的顾客，除了的士司机、夜店人士外，还有熬不住的吃货。

武汉大学老牌坊前的门口，有一家“重庆冷锅鱼”，类似于南京人爱吃的酸菜鱼，但味道更鲜美，鱼肉更多，价格便宜到令人惊叹的地步。适合穷学生们消费。一人十几元，随便你吃到饱。我上学时常去。一位河南籍室友与一群朋友聚餐，先后加了五次鱼肉，老板几乎哭出来。不过承诺在先，流着泪也得上。

湖北菜本身不成菜系，除了饭店里常点的武昌鱼、沔阳三蒸，排骨藕汤算得上一道拿得出手的菜。号称“百湖之市”的武汉，尽管许多湖已缩小或消失，老底子、老传统还在。东湖、南湖、沙湖、水果湖、汤逊湖，还有江汉平原上的大小湖泊，新鲜莲藕应有尽有。当季莲藕配上猪筒骨，用煤炉小火耐心熬上几小时，莲藕绵密的孔洞吸收骨髓肉香，咬下去粉嫩酥软，自然有一种醇厚和回味。

莲藕既是本地土产，价格自然不昂贵；猪筒骨也不是稀罕物，普通市民隔三岔五地吃。大鱼大肉不重要，要紧的是过日子。往常夏日天热时，常常有乘凉的市民搬出家里的凉席，幕天席地睡到马路边上，天亮之前再将凉席收回去。路边电线杆上晾满了各色衣服，仿佛挂满彩色旗帜，不经意间成为城市的另一道风景。

初到武汉，也许你会惊叹出租车司机的粗俗与彪悍。出租车对讲机常常传来本地粗话，骂来骂去，不见生气，反而更显亲昵。遇到一些争执和冲突，司机们会说声“对不住”，丢下乘客，直奔出事地点。为了同行弟兄两肋插刀不在话下，何况损失几个小钱。公交司机的彪悍毫不逊色于出租车司机。偌大的车身在狭窄的巷子里快速移动，急刹急停，随时超车，仿佛游刃有余的巨龙。若是没有本地乘车的经历，或许以为错乘了过山车。我曾亲历一次追尾事件，同坐一位新娘的门牙当场撞掉，一位乘客从最后一排翻滚至车头，整个车厢一片慌乱。司机竟然颇为淡定。

大风大浪见多了，自然不轻易大惊失色。从晚清张之洞创办汉阳军工厂，到武昌新军打响革命第一枪，地处“九省通衢”的武汉从未落后于时代潮流。随便一个小剧场的二流演员，模仿起政治伟人的讲话腔调有模有样，毫不逊色于大上海的“清口”们。也许对武汉人而言，斩杀一条长蛇，与吃一顿夜宵、熬一锅排骨藕汤，或经历一次公交追尾事件，并没有太多区别。这些都只是平凡生活的一部分。

珞珈山爱情

溜出工学部东侧的凌波门，就是一片湖水，碧波荡漾。夏日来临时，我和师兄从湖畔亲水平台跃进或爬入水里。师兄水性不佳，怀抱着一个救命篮球，仰卧湖面之上，在水波摇晃下起起伏伏，就像一条大白鲨。我深吸一口气潜入湖底，好长时间才浮出水面。傍晚的水下一片暗淡，供氧不足的几十秒仿佛经历了几个世纪，脑海里浮现许多遐想。有人用细绳系着游泳圈，朝对岸游过去。有时候，皮划艇从身边疾速滑过，带来一阵浓密水雾。远处，大小磨山也变得朦胧起来。

背靠珞珈山的大学，拥有东湖这一汪湖水，风景便有了灵气。所谓风水，有山有水才有灵气。年轻人处在这种环境中，容易增添诗人气质。我的师兄原本是工科男一枚，正宗全日制高压专业博士。有一天，我与他游完泳，湿漉漉地往宿舍走。师兄想起这天是中秋佳节，就给异地女友打电话。他望着天空，深情款款地说道：“今晚的月亮好大、好圆啊！”我抬头一望，头顶一片乌云，哪有什么月亮。

在恋爱中的人看来，许多事情充满了梦幻气质。师兄也许真的看见了被乌云挡住的月亮。其实他的异地女友，就在一江之隔的汉口。以武汉三镇之大，从武昌到汉口，要经过长江大桥、龟山、蛇山，倒两三趟公交车。不堵车的情况下耗时两个多小时，跟去一趟外地也无多大区别。所以师兄与女友聚少离多。

为了节省路途时间，师兄发挥工科男的特长，仔细研究了武汉地理和交通，制定了各种方案。其中一方案：周六早上七点半前，各自乘公交赶到户部巷石婆婆热干面，早餐吃热干面、糊汤粉和豆浆；八点半到十点半在司门口天桥附近逛街；十点半到十一点半在长江大桥下乘凉散步；十一点半乘轮渡去江滩；十二点在江滩附近酒吧吃简餐；一点至三点在汉正街看电影；三点过后，从步行街附近各自乘车返程。根据当天实际情况，师兄不断对方案进行优化和完善。

师兄跟我探讨了许多技术问题，包括天气、出行时间、公交线路、女友心情等因素对整个函数的影响。他设想用C++编一个程序，将一些相关因素输入进去，电脑自动选择最优方案。后来在我的劝说之下，他很不情愿地放弃了这一奇思妙想。如此理性的人，凭空描述看不见的月亮，可见山水对人的气质影响之深。

话说我们学校原本是一所工科学校。二十一世纪初，在“分久必合”的院校合并大浪潮中，我们学校被一山之隔的另一所综合性名校吞并。师兄本科开始就在本校念书，一直念到博士。照理说，遇上这样的情形，本该投湖明志，才显得有气节。据师兄陈述，毕竟舍不得奋斗多年的事业（更可能是舍不得他的女友）。不仅如此，他还接受了邻校的精神气质，活得越来越文艺，还顺应网络潮流写起了博客。

博客名为“列子，Blog”——“夫列子御风而行，泠然善也。”师兄个高体瘦，额头宽阔前凸，脸部轮廓分明，颇有仙风道骨之貌。在潜心研究雷电波防治技术的同时，师兄用他特有的幽默和智慧，细细记录科研生活和恋爱心得。文章中常有警句，或心灵鸡汤，有的发表在“珞珈山水”BBS上，反响颇为热烈，渐渐有了网红之势。

师兄毕业后，留在武汉一所科研单位，专注于最前沿的输电技术。像许多武汉人一样，习惯了大江大湖的生活，嘴上整天骂着，心里还是离不开这座城市，何况这里还有他的真爱。工作之余，师兄常常回到学校。他会拍许多照片给我们看，包括现在的高压大厅，退休后的导师，那些曾经“战斗”过的实验室，路边的樱花树，工学食堂……他似乎在寻找什么，寻找那些已经失落的“风筝”。

不久前，工学部最有名的建筑——“变形金刚”大楼被爆破拆除。师兄发来视频：瞬间烟火闪射，大楼轰然倒下，惊起铺天盖地的尘土……我看着有些感伤。师兄说，他想写一部类似“三体”的硬科幻，阐述“变形金刚”与国家能源安全、三峡大坝、高校腐败案件等宏大事件的逻辑关联，论证此楼的牺牲并非舆论表象揭示，而是具有必然性、合理性。我多么希望，他能把他的爱情和青春写进去。

女租客

新闻路旁有一条无名小河（或者叫臭水沟），经过一道水闸，通往娄江，并经港口进入长江，流入大海。几年前，我跨过一座将近废弃的石桥，在弄堂里找到这处房屋。租下不久，路面扩建改造，变成大工地。过了一年灰暗的日子，马路终于通车，宽阔、整洁。那条小河却不见了，深藏地底，不见天日。

出租屋厅堂狭窄，却拥有三间房屋，两间朝南，一间朝北。我和朋友各住一间。另一间空了许久，后来也搬了人来。租客是一个年轻女孩，文静、柔弱，对人冷冷的，话很少。大家早出晚归，见面机会不多。我对她的样子并没有什么印象，只是觉得她那一双苍白的眼睛，空空洞洞的，似乎想抓住什么却又抓不牢。

有一天，我回到出租屋，闻到房间有一股烟味，心想年纪轻轻，怎么还抽烟。不过，现在女孩抽烟的多，也不是稀奇事。一个周末，我跟朋友约好去外地玩。走到一半，却临时有事，提前回来。到家，天已暗。推开门，看到地上有一双黑色皮鞋，隐约听到男人声音。还未适应客厅昏暗，恍惚中，一个浓妆的白衣女子出现在卧室门口……

我走进房间，茫然坐下。屋后有一座小公园，附近居民常在此活动，创造出各式的锻炼方法。一个健壮男子每天清晨身穿太极服，用手掌用力击打香樟树干，发出有节奏的“啪啪”声（可怜的树！）。一个白发老头快速倒走，很少回头，却从未走偏，好像后脑勺长了眼睛。一群中年女子聚在一起，面无表情地跳着广场舞。还有人像瑜伽大师般，在草地上铺一块垫子，将身体蜷曲成怪样子。

世上许多不可思议的事，对身处其中的人而言，其实合情合理，甚至非此不可。时间长了，我对女租客的行为就见怪不怪了。有一次，朋友进去晾衣服，许久没出来。后来，朋友告诉我，不知为何，今天女孩兴致很高，甚至有些亢奋，讲出许多事情。原来女孩来自安徽乡下，家里条件不太好，原来在工厂里做事。认识那富商后，每月有了固定收入，不再去上班。男子答应跟她结婚的，等了两年，也没有准信。结了婚就可以过上好日子。她有个姐妹嫁给富商，如今生活挺滋润。

“也不知道要等多久。这样的男人多了，其实已经有了家庭，不过玩玩而已，她却当真了。”朋友感叹。又过了几个月，已经快过年了，街上的人和车明显少了许多。我忙着买票，准备回家过年的礼物。年前，富商来的次数越来越少，有时一个月难得来一次。屋子里烟味也越来越浓。偶尔门开着，见她躺在床上，眼神呆滞，一言不发，一副颓废的样子。

腊月二十四日那天，突然接到警察电话，让我去做笔录。我一头雾水。到了警察局，才知道是她报的警，说房间里的钱不见了，怀疑是我拿的，警察已经到屋里取过证。我配合警察完成工作，出来便给女孩打电话。接通后，竟然听到她发出了一声冷笑。她在电话里说："你们不是好人，所有人都想害我，我不是好惹的，你们等着吧，等着吧，我不会放过你们的，哈哈哈……"

回到出租屋，西侧房屋一片狼藉，东西已搬空。隔了一天，我们准备将房屋收拾干净。床单上有几个香烟烫出的洞，床底积了厚厚一层灰，存了许多烟头。我费力将床移开，先用扫帚，再用拖把，花了整整一天，才将屋子清理完毕。快结束时，我从床头柜里翻出一个药盒，上面印着"盐酸曲唑酮片"几个字。

后来，我走过新闸路，还会想起地下那条河。年岁日久，还有几个人记得它，甚至它是否存在也变得可疑。地面上的一切那么新，那么干净，人们无忧无虑地活着，仿佛什么也不曾发生。我有时会怀疑自己的眼睛。记忆看着你，记忆也会欺骗你。那个女孩，就这样从我们的生活中消失了。我甚至不知道她的名字。

琼花白，琼花黄

刚到昆山时，我还是毕业不久、囊中羞涩的青年工人。出门在外，吃穿住行是头等大事。吃穿不成问题。在单位附近租了一套两居室，住和行也解决了。步行到上班的地方需要五六分钟。天天这样行过，跟路边的理发店、水果店、书报亭、便利店老板，以及看大门的老头、算命先生和修鞋师傅很快熟悉起来。这个小区以前大概是某军工厂或铁道部的家属区。军工厂早已无迹可寻，留下“二〇二弄”这样一个莫名其妙的代号。之所以有这样的猜测，是因为我的一些同事，他们的上一辈从事的正是支援铁路或电厂建设的工作，工作期间四处奔波，退休后被安置于此地。从中华人民共和国成立初期到最近三十年，昆山涌入许多外来人口。老黄也是其中之一。

老黄来自安徽的砀山。夫妻俩在小区进口的路旁开了一家水果店。老黄每日清晨骑着一辆三轮车，到城市西郊批发市场进货；他老婆就守在店里。进进出出的人极多，老黄既能吃苦，做人又颇为实诚，水果店生意自然红火。他们夫妻俩就住在店后的民房。听他说，里面还住了一批人，以在公交车上行窃为生。

店前有一小块空地，西侧栽了一棵琼花树。到了每年四、五月间，树上开满绣球般大小的白色花瓣。每次走进小区，就能闻到一股淡淡的香味。老黄一边忙着招呼客人，推销刚上市的西瓜、樱桃、火龙果，一边跟我聊天。老黄有一儿一女，女儿在附近商场寻了一份工作，儿子还在安徽老家上高中。说起儿子，老黄颇为自豪，说是成绩在当地高中还不错，发挥得好的话，能上一个重点大学呢。儿子上了大学后，就得工作，就得买房、成家、娶媳妇，紧接着还要生孙子。想到这些“迫在眉睫”的事情，老黄干起活来就很有动力。每天起早贪黑，也不说累。得知我们单位经常需要一些水果，他便想方设法去求人，让他做成这笔生意。

不忙的时候，老黄常骑着他的电动三轮车，跟着一帮老乡去高铁站附近跑黑车。有一次，我从外地出差回来，正好碰上下班高峰，等了许久也没有出租车。正在四处张望，突然一辆带着车篷的三轮车停在我面前。我弯腰一瞅，老黄歪着头，咧着嘴对我笑着说：“快上车快上车，城管要来了！”他带着我从铁路桥下一个不知名的小路穿过，很快到住地。说起跑黑车的收入，他说生意好的时候，一天能挣两三百块，比卖水果还划算，没啥成本，但眼睛要尖，不能被城管逮着了。老黄的眼睛小而精，看似眯缝着漫不经心，其实对周遭的一切洞若观火。城管要逮着他，想来也并非易事。有时他待在店里做生意，五六种水果一一过称，称完，总价钱也出来了。第一次光顾的客人，掏出手机一按，竟毫厘不差，暗暗称奇。

每天黄昏，琼花树下摆了一张矮桌、两张板凳，老黄两口子就着几个菜，一人一瓶啤酒，喝得有滋有味。进出的人们看见这情形，无形中似乎也增加了食欲。于是许多人架起了锅，整个小区都沉浸在世俗烟火里。有一段时间，我发现老黄桌上的菜肴很丰盛，天天有鱼有肉。跟他聊起，原来是儿子放暑假过来了。老黄给孩子买了电脑、手机，儿子天天躲在房间里玩，也不愿出来帮忙。女儿倒是忙前忙后的。

在这里住了三年多，我终于拥有自己的房子。搬家那天，老黄破例没去跑黑车，上下楼梯好几趟，帮我把行李从楼上搬下来，又用他的三轮车拉到我的新房里。老黄看着新房说："真好啊！我也要回去盖房了，这里再好，毕竟不能安家啊，老了老了还是要回去的。"老黄没有很快回去，不过不久后他也搬走了。他寻了一处更好的档口，带阁楼的门面，一楼做生意，二楼居家，这样能节省开支。

又是一年琼花开放的季节。我和妻走过以前住过的小区，看到树上大片大片的洁白花瓣，如玉盘般开得正盛。妻说："你看花的中间是黄色的呢！"我走近仔细观看，雪白花瓣中央，果真立着一根根细细的淡黄色花柱，还有一股沁人香味。琼花树后是重新装修过的水果店，墙壁四周贴满反光玻璃，日光灯管发出森森白光。一个年轻老板坐在门口，一脸茫然，望着远处。那是一张陌生面孔。

新年初雪

去年一整年没下雪，有雪才是冬天呢。从昨天傍晚开始，天空飘起雪花。早起推窗，地上、树上、屋顶上全变成雪白，漫天雪花肆意飘舞着。出门走在路上，空气冰冷刺骨，仿佛细小的银针扎在皮肤上，生疼生疼，却又感觉清凉舒适。紫金山一带雪似乎更大，高大的银杏、松柏缀着雾凇，童话里的冰雪世界就是这个样子吧。这种天气，应该在山上找个带落地玻璃窗的茶室喝茶、赏雪、写字呀！

这不过是我的空想罢了。尽管环卫工人很早起来工作，路上仍然有许多积雪和冰块，随时会滑倒。我骑着电瓶车，以蜗牛般的速度往单位赶去。北京西路上的雪基本清扫完毕，只有梧桐树和灌木上还留存残雪。单位门口的积雪也被一扫而空，干干净净的。早起看雪的心情突然暗淡起来。城市就是如此，生活本身的功能和便利要远超过风景和心境。要看雪，还得去更偏僻、更原始的地方。

川端康成在《雪国》开篇写道："穿过县界长长的隧道，便是雪国。夜空下一片白茫茫。"隧道是很重要的象征，它是一个屏障，又像一个暗门，穿过它，就进入另一个世界。玄武湖隧道也是如此，将喧嚣的城市街道与森林大山隔离开来。驶出隧道，从玄武大道拐进环陵路，车流稀少，草丛间的雪干净、静谧。

城市的雪，一落到地上，还未来得及堆积，就迎来粗暴的铁铲、扫帚、融雪剂。人们把雪视为一场灾难，尽快清除才是正事。多年前，我还在乡下生活。雪落，无人清扫。下雪时，地上积了厚厚一层，屋檐上垂下许多冰凌。我和伙伴们将长板凳翻过来，在雪坡上滑行，滑出一道道痕迹。板凳上的陈年污垢也被彻底清洗，透出新鲜的木质纹理。土地被大雪覆盖，庄稼变成冰雕。大白菜被冻过后，有一种特别的甜味，带着雪的清冽。雪化之后，再将白菜腌好，来年就可以吃了。

老家已经多年不下雪。没有雪的冬天，总觉得少了些什么。我曾在厦门度过一个冬天，最冷时也有十几摄氏度，厚外套基本用不上。阳光、沙滩、海风、椰林，舒适是舒适，但感受不到季节变化。所谓四季如春，一定就是好气候吗？就像常年生活在温室中，或者恒温的环境中，风景单调且不论，人也会变得迟钝和慵懒。寒来暑往，秋收冬藏，四季流转，才能真正体会到万物生长、变化。

雪又不宜太大。李娟写阿勒泰的冬天，说每天早晚温度计的水银柱都停在零下三十五摄氏度左右，"脸颊冻得像被连抽了十几个耳光一样疼，后脑勺更是疼得像被棍子猛击了一记"。阿勒泰的冬季长达六个月，雪深一两米，人、牲畜困在山中，走到雪地便不能动弹。所以只能烧着牛粪，化开冰雪，躲在帐篷里取暖、喝奶茶。据说东北也是如此，到了冬天，整个城市就处于停滞姿态，工厂放假，街上空寂无人，人们待着家里、躺在炕上，听着二人转、喝着小酒，所谓猫冬。

还是江南好，每年总会下点雪，但又不会太麻烦。今天这场暴雪，交通、城管等部门很紧张，学校也纷纷停课、高速公路封闭、列车全部晚点，但终究是虚惊一场。就像江南人的性格，看来很柔弱，其实很坚强；说是很坚毅，内心却柔善。雪下了，又化了。雪水浸入土地，滋养江南的草木、果林、庄稼，也融入江南人的骨子里。春天来临时，碧螺春、青团子、酒酿饼、螺蛳、莼菜、马兰头，这些美食一一端上餐桌，让忍受了一个冬天的人们，重新感受到新鲜滋味。

雪霁天晴，一切将消融。那些短暂的雪景突然蒸发、消失，好像从未出现。压弯了腰的树枝，抖抖身子重新站起来。覆盖一层薄雪的高楼，也露出一成不变的丑陋模样。人们穿上厚棉袄，呼着白雾，满怀欣喜地抵御雪融时的寒冷。

无论如何，落过雪了，这个冬天总算没有辜负我们的期望。

幽暗与光亮

入夜之后，俯瞰南京城，目之所及，充斥着各色灯光。昏暗的路灯、雪白的车灯、绯红的尾灯、炫目的霓虹、变幻的液晶屏，让整座城市变得璀璨绚丽。那些自然的光，譬如月色、星辰、萤光，反而被冲淡了、看不清了。深夜归家的人，整晚工作的人，彻夜不眠的城市。一直到天色熹微，灯光渐灭。

日夜更迭，周而复始，似乎从来如此。

从童年到少年，我的记忆却是灰暗的，仿佛褪色的老照片。天黑以后，村庄陷入黑暗之中，街巷、房屋、树木、牲畜，都只剩下模糊的影子。屋里的灯是昏暗的，人的面孔是昏暗的，电视也只有黑白两色。很长时间，我以为是记忆模糊，天长日久，遗忘了许多细节。看到这城市夜景，我才明白是灯光的缘故。

门前空坪，从傍晚至黑夜，聚集着无所事事的乡民。男人与男人谈家国大事，女人与女人聊家长里短，孩子与孩子玩捉迷藏游戏。月光倾泻而下，人的模样随着月色改变。月色朦胧，面容模糊。月圆之时，脸庞也俊朗。谈天说地的声音，不自觉配合光线变化。光线微弱时，声音暗哑；光线明亮时，声音也响亮。

幽暗之下，人影幢幢。拖欠租金的外地夫妇，在月黑风高时张皇逃离，从此不见踪影。客居台湾的老兵，乡音未改，衣锦还乡，沉甸甸的行囊中也许藏着几根金条。年轻漂亮的女孩，源源不断地汇款回家，钱的来历却很可疑。男女之间的感情纠葛，姑嫂妯娌的情色绯闻，在夜色中悄然流传。

村庄一点点变亮。父亲开风气之先，最早置办了电视机。空健力宝瓶制成的天线架在黑瓦房上，电视上的“雪花”渐渐变成人影，电视有了声音。《海滩救护队》里的性感女孩，“浪奔，浪流”中的许文强，一遍一遍重播的《封神演义》《新白娘子传奇》，还有刘晓庆、张曼玉、王祖贤、林青霞……

改革了开放了，有机会出去创造新生活。到深圳去，到东莞去，到佛山去，他们攥着仅有的车费，坐着长途大巴，去往遍地黄金的大城市。看过花花世界，尝尽人生百态，他们还会回来。城市再好，毕竟不是自己的家。他们对灯光印象深刻：五光十色的霓虹灯、彻夜通明的大城市，相比之下，这里太黑太暗了。

那些不无夸张的描述也在我心里埋下种子。

十八岁那年，我坐着长途客车，去省城上大学。我躺在卧铺车上，望着外面的景色，整晚没有合眼。其实，高速路上没有太多的风景，黑夜之中，只能看见“风炮补胎”“家庭旅馆”之类的灯箱，山上偶尔有几户亮灯的人家。当我昏昏欲睡时，汽车从黑暗的隧道钻出来，一座灯火辉煌的城市海市蜃楼般出现在眼前。不计其数的超级市场、豪华酒店、洗浴中心……这就是他们所说的世界。

从那一晚起，我没有再离开城市。这些年，我习惯了城市的生活，习惯了无处不在的灯光。每晚从高楼往下看，各种光芒交相辉映。不远处的河畔，耸立着一座电视塔，塔身变幻着各种颜色，在早晨或黄昏的薄雾中透出朦胧光泽。更远处的长江堤岸，被两侧灯光拖曳成光的长廊，逶迤婉转，连绵不绝。

老家的灯光，反而让我不适。街巷两侧装上雪白的路灯，人们走过，地上投射出长长的影子。靠近下一个路灯，影子忽然改变方向，跳到身体后面。集市上也有通宵营业的超市，货物齐全，价格低廉，与城市并无区别。公祠高墙上挂着灯笼，发出暗红色的光，衬出青色石狮的威严。

房屋大门紧闭，街巷空空荡荡。一只黑狗冲着我狂吠，声音抵达巷子尽头，迅速折返回来，一阵混响，好像有许多只狗在叫。过了许久，无人出来喝止。黑狗自顾消停，低声呜咽。以前，没有一条狗会这样叫。它们温顺地趴在竹椅旁，伸出舌头，低垂耳朵，一觉睡到天亮。然后，伸伸懒腰，往田野里跑去。

黑狗安静下来，我继续往前走。往前是去哪里，我也有些迟疑。老房子拆掉了，好多人搬走了，路也重新修整过。白色灯光照耀，村庄的地理空间、气味、色泽都变了。我恍惚记得，从这条巷子穿过，往右拐，笔直向前，应该就到了。我绕来绕去，似乎陷入迷宫。发动机的轰鸣声骤然响起，我从床上惊醒。

一束灯光透过玻璃，在白墙上映出斑驳树影。

第二辑

天冷就回来

一阵风吹过，有熟悉的味道，也有渐渐陌生的气息。有些东西逝去就不会再来，如同这桥下的河水。

母亲的唠叨

母亲上了年纪以后，话突然多了起来。也许她之前就很喜欢唠叨，只是我不在身边，感受没有如此强烈罢了。她总是执着于那些在我们看来无足轻重的东西，固执于生活中的细枝末节，甚至让人有些心烦。回想起来，这几句话是她说得最频繁的，也是我记忆最为深刻的。她还有许多话，过于琐碎，就不一一记录了。

牵着母亲的手

外婆去世后，除了突然而至的白发和皱纹，母亲的手也开始疼了。这种疼，隐隐约约，若有若无，最初母亲并未在意。随着时间流逝，疼痛并未消失，反而变本加厉，深入骨髓，整夜整夜地折磨着母亲，让她难以入眠。天长日久，疼痛几乎成为身体的一部分，整日与她相伴，不离不弃。她的后半生，也许难以挣脱疼痛的纠缠。

很难说母亲手疼跟外婆去世有何关系。外婆多年寡居乡间，一个人带大四个孩子。母亲是家中老大，很小就帮外婆做家务，每日去河里洗菜、洗衣裳，无论天寒地冻。从那时起，她就习惯手洗衣服。后来，父亲专门在阁楼上为她搭了洗衣台，装上太阳能热水器，旁边就是晾衣服的长竹篙。她常常一个人待在这低矮空间里，低垂着头，双手搭在洗衣板上，使劲往前推，收回来，再往前推，好像木匠专注推拉刨子，又像旁若无人的雕刻家在创作。这是她一个人的工作室。

母亲并不承认她的手疼跟洗衣服有关。尽管我们一再叮咛，让她尽量少洗，甚至不洗，她还是不愿停下来。衣服泡好，我们还没来得及洗，她一大早起来就默默地洗了。我们把衣服藏在卧室里，她会找出来，泡好，然后洗了、晾了。家里的床单、被套、枕巾、毛巾，天气晴好时，隔三岔五地她也要寻出来轮流洗一遍。不让她洗衣服，她甚至会生气，要么说我们洗得不干净，这里一块那里一点；要么责备我们懒，堆了几天不洗。她对于干净整洁的要求之高，依我之见，几乎到了洁癖的地步。

我带着母亲去做核磁共振、CT、B超等，验血、查尿之类就不提了。医生却语焉不详，或说是风湿，又说像颈椎病，也许是肩周炎，并无确诊。推拿牵引一时有效，却难以根治。转而去看中医，把脉之后，又说她肝火旺、经脉不通，开了中药，吃了半月余，并不见效，母亲已经失去耐心。她还是相信父亲。父亲退休之后，专心研究养生。他把自己多年的腰疼和朋友的顽疾医好后，在母亲心中的威信大增。

父亲领着母亲去县城直销按摩店。店里服务员特别热情，一直让母亲免费体验，直到父亲婉言拒绝他们的销售企图。后来流行的玉石理疗、红外治疗，母亲也勇敢尝试过。犹豫许久，父亲买回红外手表，据说能加快血液循环。母亲戴着这块发出幽幽蓝光的手表，一个人在客厅里看连续剧，在阳台上择菜。天麻——父亲说这种药能治疗手指麻木，光听名字就知道。还有台湾产的一条根、澳洲产的羊油膏等。最新的方法是艾灸，熏得整双手发黄，整个房间弥漫着艾草味。我简直觉得，心怀治病救人梦想的父亲将母亲当作试验品。

手，还是疼唉！母亲说，手指关节处，骨头缝里，仿佛千百只蚂蚁咬噬，热得发烫。冷水冲在手上，使劲搓、揉，会减轻一些痛苦。夜深人静时，这种疼痛感更加深刻，勉强睡几个小时，楼下的青蛙鸣叫，以及更远处的汽车喇叭声，丝丝缕缕地传入耳朵。那种折磨人的疼痛，从内而外，由表及里，挥之不去。疼痛还是其次，手疼就不能洗衣服，不能做饭，不能带孩子，甚至连筷子都捏不牢，这些更要命。手疼，简直成了她的心病。是啊，身体疾患与心灵疾病密不可分。尤其是疾病影响到睡眠时，精神状况也会发生变化，让她很难心平气和接受治疗。

我们对她的痛苦无能为力、无可奈何。母亲也觉得这是宿命。外婆离去多年，母亲学会与疾病和平相处，依旧洗衣服、做饭、织毛衣。我们每次离开家，她连夜做许多馒头、包子、扣肉、热干面，似乎忘记了手疼。偶尔疼得难受时，她会想起她的母亲，不知不觉就流下眼泪。外婆对她说：“老话讲，人老脚先衰，手也一样，十指连心，疼起来难受啊。儿女大了，你少操点心，该放手就放手吧，你不能管他们一辈子的。我走了，最不放心你……”外婆说着说着，人就不见了。

唯一能缓解母亲痛苦的，也许是我不到两岁的孩子。每次，当她的小手牵着母亲的手，含糊不清地喊着“婆婆、婆婆”时，母亲始终紧锁着的眉头，那被痛苦折磨得有些变形的渐渐老去的脸，一点点舒展开来，甚至荡开了笑容。

车厢里的笑声

“去一趟小姨家吧！”每隔一段时间，母亲就会对我这样说，像是请求，也像是命令，有时候仿佛又是自言自语：“小姨最牵挂你们了，结婚这么多年，也没见过小姨，应该去一趟的，应该去一趟的。”她见我们支吾着，不再言语，继续低头择菜。

说着买菜的事，她又说：“你小姨啊，真不容易，天还没亮，就要起来做豆腐，一大早上街去卖，一年到头没有休息。她那双手唉，被卤水泡得不像样，白花花的，还掉皮，指甲盖都软了，跟我一样，也经常疼。但是还得做事，都是多年的老主顾，一天都不能断货的，有什么办法呢？”说着说着，母亲抹起眼泪。

小姨的家远在千里之外。孩子还小，拖家带口地去看她，总归不太方便。说着说着，却一直未成行。电话倒是没断过。母亲跟小姨一聊就是半个多小时，说的全是鸡毛蒜皮的小事。光是今天吃了什么，就能聊十几分钟，从怎么买菜，到怎么做，如何吃等，语言中充满着生动细节——母亲几乎拥有小说家的潜质。每次看见母亲没完没了地打电话，父亲在客厅里走来走去的，想说什么，又不敢说。后来有了视频聊天，老姐妹俩更是没完没了。父亲干脆就出去散步。

过年后，我们开始认真谋划去小姨家这件大事。首先，得有一个礼拜的假期，不能选在小姨生意旺季，也不能选我忙的时候。十几个小时的路程，中间还要转车，母亲晕车，孩子上下也不方便，最好买到下铺的票。还要准备出远门的药物、食品、日用品，父亲常服的中药、母亲喝的药酒、孩子喜欢的零食。最重要的，要给小姨家挑几件礼品。不能太便宜，也不能太昂贵，让他们高兴，又没有太大压力。

等这一切准备妥当。出发前一天，我却接到紧急任务，无论如何不能请假。母亲已经提前一个月跟小姨商量好所有细节：住在哪里，去哪里玩，吃些什么，见哪些人。这一突然变化，让她愤怒而绝望。等心情平复下来，她又反过来安慰我：“唉唉，还是工作重要，你小姨也是这个意思，以后还有机会去的。”

我心里本来就内疚，听母亲这样一说，更觉得小姨家非去不可。一年仅有5天的休假日，花在这件事上——虽然有点不舍得——也算是了却母亲一桩心愿。母亲特意去剪了头发，买了新衣裳，把自己收拾得体体面面，过年也没见她这么上心。我给姨父准备了多年陈的白酒、新产的碧螺春，给小姨买了丝巾。母亲挑选颜色艳丽的，我喜欢素雅一些的，两人还为丝巾发生激烈争执。

大包小包上了车，母亲才安下心来。孩子却哭闹不停——听说要出远门，她兴奋许久。摸了摸额头，竟然有些发烫，这个时候发烧，真是不合时宜。但也不敢耽误孩子的病，思来想去，只好在下一站下车。母亲也要跟着下来。我让她继续留在车上，让父亲陪着她。她一脸牵挂看着我们从站台上退去，很快就消失了。

一个星期眨眼就过去。我带着孩子去接母亲。她抱着孩子问了半天，似乎不管不顾去看小姨，有些愧疚。我告诉她，孩子没事，普通发烧感冒而已，几天就好，也不用打针。父亲说："你们下车后，母亲哭了半天，说不应该扔下你们去小姨家的，孩子生病了，你们哪会照顾？一路上担心着，睡不好也吃不下。"

说起小姨，母亲的脸上焕发出难得一见的容光："唉唉，可惜你没去。你小姨啊，看见我和你爸，高兴坏了，拉着我的手，整宿整宿跟我聊天，恨不得睡一张床，生意也没去做了。你小姨父是个老酒鬼，说从来没喝过这么香、这么醇的酒。"说着，她闭上眼睛，右手拇指和食指似乎捏着酒杯，鼻子深吸气，一脸陶醉的样子。"你小姨父舍不得喝，打开酒盖，闻了半天，一小口一小口地呷。哎哟，你没看见，你看见要笑死了。"她自顾自地说着，苍老的笑声在狭小车身里回荡着。

我握着方向盘，努力回忆小姨的模样。脑子却一片空白，怎么也想不起来。远方的小姨，就像是一个真真假假的梦，又像是母亲年轻时编造的故事。我不知如何回应母亲，只好跟着笑起来。孩子看着我们笑，也傻傻地跟着笑。

苍老的、年轻的、稚嫩的，所有的笑声混合在一起。

老爷的祝福

睡梦中，听见窸窸窣窣的声响。侧身睡去，许久，声音并没有消失，反而传来几声咳嗽、桌子移动的响声、轻微的脚步声。睡意渐渐消散。我干脆爬起来。微光中，母亲正准备“敬老爷”。昨天杀的公鸡昂着头趴在瓷盘里。三杯米酒、三支香、两根蜡烛，一堆“金元宝”散落在桌旁。母亲见我起来，连忙拉我跪在地上。母亲朝着西面磕了几个头，嘴里说着什么。我也随她的样子，磕了几个头。

母亲独自坐在沙发里，久久不语。夏日昼长，还不到五点，天已蒙蒙亮，窗外的天空呈鱼白色。在早晨光线的映衬下，母亲脸色柔和、神态安详。突然之间，她好像想起什么，开口说道：“你也老大不小了，什么都要学一点，最要紧的，先把‘敬老爷’学会。要是我不在了，谁来操办这些事？”

老家有许许多多老爷。村头寺庙里泥糊的土地公公，宗祠里舞枪弄棒的明朝都督，仙逝多年的曾祖父、曾曾祖父，武当山上气宇轩昂的真武大帝，母亲一概称为“老爷”。无论头疼脑热、动土搬迁，还是成家买房，母亲必定摆上贡品先请老爷明示。记得小时候生病，母亲跟祖母各拿着三根筷子，嘴里念着：“筷子姑娘筷子神，筷子姑娘实在灵。要是老爷‘喊’了孩子，你就往里走；要是没有‘喊’，你就往外走。”如果筷子没有动静，再把老爷换成另一位。试来试去，总有一位跟孩子的病有关联。烧香化纸，也许就能逢凶化吉。

以前的以前，许多孩子就这样扛过去了。人世间的事向来很难说清楚的。母亲并不排斥医生。这是两个不同性质的事物，一种是物质上的，一种是精神上的，两者并不冲突。她固守过去的习惯：喝中药的碗绝不冲洗，炒菜要凑够偶数，吃饭时不准出声，早起喝一大杯水，鞋子用纸包好再晒，衣服坚持手洗，生病了躺着休息不去医院……还有，大年初一要问太岁在哪个方位，姓什么，以此决定新的一年往哪个方向走，跟谁不能开口讲话。她默默地、不加解释地做着这一切，就像不合时宜地“敬老爷”，仿佛维护着自己的尊严，或者某种虚幻的价值。

她牵挂太多，常常许愿。孩子出生了，希望老爷保佑健康成长。孩子生病了，恳求老爷保佑赶快痊愈。思念外婆了，托老爷去送信。许了愿，就要还愿。她的许诺通常是很实惠的。保佑孩子平安，每年供奉一只鸡，直到十八岁。孩子咳嗽，奉上两百元香烛钱。动手术了，就要五百元甚至更多。这些钱或物，母亲如数供奉，绝不克扣。尽管她平时会为了一两角钱，走上很远的路去另一个超市买菜。

父亲偶尔抱怨她在这上面花了太多钱。她毫不留情地把父亲骂一顿：“跟老爷能讲价钱吗？老爷做的事情，能用钱来衡量吗？你给老爷的不是东西，是你的心情，你的心意！你的心诚不诚，就看你舍不舍得。连这点都舍不得，能做什么大事。你还是个男子汉，真是没出息。”父亲被她说得灰头土脸。母亲转过头来，郑重告诫我：“‘敬老爷’要有所表示，言出必行，说到做到。老爷也是讲诚信的，这么多人许愿，凭什么保佑你？至少你的心是诚的，心诚则灵。”“心诚则灵”是母亲的处世法则。她对人“热心热肺”，几乎要把心掏出来给别人看。

母亲的虔诚，换来的也许是她的心安。老爷不是固定的，也不是某个具象。老爷是她的一个念想，或者心里的愿望。她相信老爷，就是相信她自己，相信命运给她的一切。无论是厄运，还是幸运，她能心平气和地接受。我很少“敬老爷”，也不太相信如此急功近利的老爷。但每次想到母亲费心费力地操持这些，大部分是为了我，或者我的孩子，未免也对老爷增添了一丝温情与敬意。

孩子睡醒以后，这只“昂首挺胸”的大公鸡，将跟事先剥好的金黄色的栗子一起倒入老砂锅，炖成一锅鲜美的汤，带着老爷的祝福，进入我们的身体。

深情往复

从去年国庆熬到如今，母亲已经待了大半年。虽然她一直抱怨手疼，抱怨空气不好、青菜太贵，抱怨这里没有亲戚、没有朋友，却因为孩子的事，一拖再拖，一直不能回老家。坚持这么长时间，对她而言简直是一个奇迹。

合久必分，分久必合，天下、家庭皆如此。合住日久，许多问题和矛盾滋生，似乎非走不可。分开一段时间，她又念叨孩子。一直在电话里跟我讲，如何给孩子做东西吃，如何教孩子学拼音，如何让孩子懂礼貌……隔着电话，我似乎都能看到那张焦急的脸。说着说着，她就坐着长途列车过来了，带着大包小包的东西，里面塞满冰冻好的土鸡、牛肉、豆腐皮、红薯粉……

她的耐心持续两到三个月。最先，手开始疼。伴随着手疼，胃也不舒服，进而口腔溃疡、腰酸背痛，那些年轻时积累的疾病纷纷来袭。人也变得焦虑、不安。每逢节日，她给兄弟姐妹、同学好友一一打电话，声音响彻客厅，简直就像她年轻时上课的情形。打完电话，情绪又变得低落。看见孩子吃饭不用心，她就唠叨营养跟不上。发现衣服堆着没及时洗，她会忍着手疼自己搓。瞅着我对孩子的调皮不管不理，她忍不住数落我。这些争吵，转而化为嫌隙，让她萌生去意。

一般是两个月零二十七八天——经过无数次验证，这个时间精确到某一天——她就会跟我提回老家的事。日子定下来，她开始“大洗”。她用过的被套、床单、枕套、枕巾、毛巾，厚的衣服，这些都找出来洗涤、晒好、收纳。将一切收拾得干净妥帖，逃一般离开此地。我反复叮嘱她，回去好好休息，等身体好点再过来。

母亲很少停歇。不在老家这段时间，亲戚朋友结婚、生孩子以及庆祝生日欠下的人情，她一一登门，送上她微薄而虔诚的心意。接下来是一轮又一轮的宴请，彼此均在家中请客，她如何能停下来？等一拨拨来往结束，她还有更重要的事。孩子冬天穿的毛衣、棉鞋，夏天的肚兜、围脖，一家人的鞋垫，她简直挑灯夜战、加班加点。我每次劝她不要急，不要急，慢慢来。她反问我：“怎么能不急呢，全是孩子用的东西，天气马上就要凉了，我不准备，他们穿什么，用什么？”

她的执着，她的担忧，有一种宗教般的信念，坚不可摧。她像一个菩萨，操心的事太多太多。小舅的小作坊运营不善，她着急资金问题，却又帮不上忙。大舅儿子结婚，她焦虑彩礼问题，埋怨女方索要太多，如何负担得起。她尤其担心小姨。小姨孤身远嫁，婆家家庭条件也不算好，整日操持忙碌、终年不歇。小姨受欺负，好似母亲自己受委屈，竟然颤巍巍地跑去接她；小姨身体不舒服，母亲要给小姨买药，托我寄过去；婆媳之间矛盾难免，母亲电话里把外甥好好教训了一顿。

她最担心的还是我。她死了怎么办？这是一个太宏大、又无解的话题，我无言以对，也不想跟她深入讨论。外婆逝去多年，她仍然不能释怀。每每言及，泪流满面。我和孩子早已习惯她的唠叨和牵挂，从未认真想过这个问题。也很难想象没有她的日子。冬天腌咸菜、卤牛肉，逢年过节“敬老爷”，一家老小的穿着，亲戚朋友人情往来，这些除了她，还有谁会做、谁能做呢？她有足够的理由焦虑，似乎这件“事”迫在眉睫，闲来无事就拉住我的手，一一交代仔细。

我多想告诉母亲，该发生的一定会发生，该离去的终究会离去，不过是早了些，晚了些，近了些，远了些。我甚至想对她说，过于执着虚幻的想象，失去的将是真实的世界。她肯定会把我骂一顿，毋庸置疑。夏至将至，她回去的日子又近了。这种日常琐碎的循环往复，因为母亲的缘故，渐渐生出某种深情和厚意。

三角铺的日与夜

娘家

祖母的形象，常让我想起《童年往事》中的祖母。电影里的祖母，一边走一边喊着“阿孝、阿孝牯”，声音悠长、缓慢、温暖。镜头下的台湾凤山村庄，老树、弹珠、红砖瓦房、无所事事的人们，跟我记忆中的故乡也大抵相似。侯孝贤以极其诚恳的态度，记录他的童年往事，也拍出一代中国人的乡愁。

祖母娘家在十里开外的山里。那里有她的五个兄弟、十几个侄儿女。我每年跟随祖父或父亲到这里拜年。大人担着礼物（腊肉、糖果之类），孩子跟在后面，浩浩荡荡地向山中进发。深山之中与镇上风景大有不同。其他且不说，气温就低许多。每年春节进山时，路上还有未化的积雪。半山腰上有一座不知何时修建的八角凉亭。走到此地，路途就算过半。我们一路走着，倒也不觉得冷。

祖母十九岁来到镇上，几十年间，很少回娘家。每年正月初二开始，几乎每天都有人来登门拜年，她在家做饭待客、迎来送往。平常日子忙于家务，也难有空闲。有一年暑假，祖母突然动了念头，想回一趟娘家，让我陪着她一起。我已经是十几岁的少年，跟着六十来岁的老祖母出门，实在是件乏味的事。祖母“威逼利诱”，好说歹说。看在这趟“差事”能挣不少红包的分上，我勉强答应了。

祖母难得回趟娘家，她的几个兄弟“热心热肺”招待，整夜整夜地拉着她说话，一再留着多住几日。舅爷们各显神通，有的炮制了麂子肉，有的焖了一大锅狗肉，有的冒着严寒破冰抓鱼，还有的爬到山上挖冬笋。祖母带着我在村庄四处闲逛，跟旧时相熟的街坊邻居说话。她不厌其烦地跟我讲述那些陈年旧事。她说她像我这么大的时候，特别调皮，有一次爬到树上摘果子，不小心掉在地上，耳朵出血，差点摔死，是她大姐救了她。祖母的大姐，也就是我的姨婆，七十几岁了。两个人见了面，格外亲热，似乎有说不完的话，有时候说着大笑起来，偶尔也会低声啜泣。我那时还不明白生活的艰难。姨婆活到九十几岁，临死前还以捡垃圾为生。

我估摸着出来有十来天了，心中焦急，想着早点回到家里。出来前跟小伙伴约好去水坝炸鱼，去山上打鸟。祖母意犹未尽，这样下去没完没了，如何是好？祖母多年前认了个干女儿，实际上也是她的侄女。她决心去另一个地方看看这个“女儿”。这本来不在此行范围之内，既然已经出来，只好顺遂她的心意。我陪着她爬过几座山，走了十几里山路，才来到这座少有人光顾的村庄。

姑姑一家看见干娘过来，喜悦之情难以形容。之前看过的场景，在这里浓墨重彩地重演一遍。唯一不同的是，我在表哥屋里找到许多磁带，我第一次听到郑智化、罗大佑、齐豫的声音。在如此闭塞落后的地方，竟然能听到台湾流行音乐，真是一件奇妙的事。村庄四周还有许多天坑，有的开口极为隐蔽。姑姑一再提醒我，走路千万当心，掉下去可不得了。这些天坑是如何形成的，姑姑也说不清。临走时，我问姑姑“借”了不少磁带。这些磁带一直放在我这里，再没有还回去。

离开村庄时，姑姑牵着祖母的手，送出来很远。走到八角凉亭，祖母坚决让她回去，姑姑才抹泪告别。在后来的许多年，祖母反复回忆、提及这段经历，好像有说不完的故事、讲不完的记忆。甚至在她意识模糊时，还胡乱说起当年回娘家的往事。从那以后，祖母再也没有机会花这么长时间和所有的娘家人见上一面。她似乎早就想好，在腿脚尚且灵便时，带着孙子回去看看，就像《童年往事》中那位对故土心心念念，最后却孤独死去的祖母。

远行

祖母年近古稀时，出了一趟远门。那真是一趟远门，几乎超出她对地理空间的认知。在她的人生经验中，最远不过几十里地，那是双脚能抵达的最远距离。省城的叔叔有了孩子，请祖母过去帮忙。祖父祖母为此准备了好久，穿什么衣服，带

什么土产，走什么路线，这都需要细细谋划。幸而姑姑就是做裁缝的，衣服之类全交给她。祖母在家里忙活几日，把鸡鸭杀好、冰冻，又买了十来斤猪肉，采购山里的蘑菇、干笋，装满两大编织袋。算好日子，两位老人从镇上郑重出发。

祖父年轻时在外奔波，坐车并非难事。祖母从来没有坐过这么久的汽车。一路上，她晕晕乎乎，呕吐不止，好不容易挨到省城，整个人几乎虚脱。过了好久，慢慢恢复精神。那几年，我正好在省城上大学，经常去叔叔家玩。祖母看见我，特别高兴。她把老家带来的东西做给我吃。祖父领着我在附近玩，最远到了浏阳河。每次离开，祖母还偷偷塞给我钱。

有一天，叔叔很为难地让祖父祖母不要在小区里捡垃圾。原来他们没事就去垃圾桶里翻，收集那些能换钱的纸箱、报纸，以及尚能使用的物品。祖母说，城里人太浪费，有些东西明明还能用，就这样扔掉。他们把那些旧脸盆、拖鞋、台灯、收音机、自行车当成宝贝捡回来，收在车库里，准备以后带回老家用。叔叔抱怨几次，祖母也没有改变，只是捡垃圾的行为更加隐蔽，尽量不让别人看见。

叔叔住在机关大院，里面有大片的绿地。有次祖母跟我说，这么好的地种树种草实在可惜，种上菜多好。还说城里买菜太贵，老家青菜不用花钱，到地里拔就行。不知她听谁说附近有地出租，让叔叔去打听。叔叔纠缠不过，只好找人交涉。正好有个农民外出务工，象征性地收了一点钱，把他的五分地租给叔叔。

有了这块地，两位老人的生活充实许多。他们置办锄头、镰刀，又采购各类种子，春天时松土、播种，隔三岔五去地里施肥、浇水。之前祖母一直跟我感慨，说城里生活就像蹲牢房，待在家里无事可做，出去又是车水马龙。他们对土地耕种投入极大热情，两人轮流“作战”，一人在家里带孙子，另一个去地里干活，有时候还带着孙子到地里。家中从此常有新鲜蔬菜，吃不完的还能送同事朋友。

叔叔的孩子上幼儿园后，祖父祖母回到镇上。那些积存的“垃圾”，因远距离携带不便，不得已舍弃许多，其他如数带回。祖母对这段绝无仅有的城里生活念念不忘，好几年把吃饭说成“呷饭”，偶尔冒出一句“搞么子咯”（长沙方言）。家人开玩笑说她“洋腔洋调”，她笑眯眯的，倒也不在意。她还学会了接打电话，每次接到叔叔的电话，虽然听不见对方说什么，但总会叮嘱孙子：“好好读书！”

五年之后，祖父去世。叔叔想到祖母一人在家孤苦无依，就劝她到省城去住。祖母开始不愿意。叔叔再三坚持，祖母好歹答应。那年我正好考上研究生，暑假陪她一起去省城。这次祖母晕车更严重，快到叔叔家时，她将头伸出窗外张开嘴大口呕吐，不经意间竟把假牙吐了出去。安顿下来后，叔叔给她重新配了假牙。

祖母已经七十五岁高龄。祖父不在，她又不识字，一个人不敢去外面，更不用说种地。她每日坐在家里，扎了一摞又一摞鞋垫。有时候扎好了，又把线拆掉，重新扎一遍。有一次，我在电脑里翻出祖父的视频，正在旁边扎鞋垫的祖母无意间看到老伴的模样，眼泪突然涌出来。她摘下老花镜，低着头，用袖子把眼泪抹去。我连忙把视频关掉。那是我第一次，也是最后一次看见祖母落泪。

祖母这次在省城待的时间不长。一个月不到，父亲就把她接回去了。从那以后，她再也没有出过远门。无论谁来请，她都不愿意出去。父亲有段时间在县城做电工，她一个人待在老屋。她已经不大会做饭。父亲隔天送饭回去，她自己热了吃。有时，她会忘记自己有没有吃饭。她最后十几年都在这座老屋生活。

老屋

也许城市待久了，回到这年久失修的老屋，感觉格外冷清。这是一座狭长的屋子。从前门到后院，有一条五六十米的走廊。穿堂而过的风，从门缝里、墙缝间挤进来，侵入我的身体。一墙之隔有老人过世，门板拆了下来，房屋空空荡荡，地上散落着黑色灰烬。墙上的遗像尤其醒目。笑容生硬、疏离。

她身上至少套着七八件衣服，内衣、秋衣、毛衣、背心、皮衣、大衣、围裙……层层叠叠，将瘦弱的身体包裹得臃肿不堪。她整日抱着煤炉，长久不动。她说着话就打盹，发出轻微的鼾声。煤烟味将她呛醒，她用力咳嗽，又不好意思地捂着嘴笑，满脸皱纹荡漾开来，像老透的红富士，又像未加工的核桃壳。她整个身体在萎缩，人变得矮小，眼眶凹陷进去，眼神越发澄澈。她陷在这把竹椅里，像安放在神龛里的佛像。椅子上有一个紫色软垫。墙上挂着布满灰尘的县城地图。

她已经不大认得我了。即便认出来，也没什么反应，好像我每天在家陪着她。实际上，我已经将近两年没有回家。她常常拉着我的儿时伙伴，询问我什么时候回来。当我真正回到家里，坐在她身边时，她的淡漠却让我感到意外。偶尔，她又关切地问起

我的孩子、我的工作、我生活的城市（尽管她从来没记住）。

她的记忆模糊而飘忽。她五十几岁患上耳鸣，继而听力减弱。三十年过去，她对外面的世界知之甚少。我跟她说话，很久得不到回音，除了微笑。沉默许久，她突然说起完全不相干的一件事。她絮絮叨叨地把这件事的来龙去脉、人物细节描述得清清楚楚。她边说边笑，完全沉浸在无人知晓的苍茫回忆里。

我扶着她去后院上厕所。她连连摆手，说不要、不要，自己能走。我与她并肩而行，老屋如此矮小、狭窄。搭毛巾的尼龙绳还是三十年前的那根，墙上贴着我写的“一、二、三、四、五”，字迹模糊。记得那时上阁楼要爬一架高不可攀的木梯，如今抬头望去，似乎也没有想象中那么高。屋顶蒙着一层黑色烟雾。

老屋的寿命不会太长了。我曾经很怀念这座屋子。回到这里生活，却感觉时时处处不便。碗柜还是祖母带过来的嫁妆，高低柜漆面斑驳，矮柜上的木质贴皮早已鼓包、裂开。曾经风光一时的二十九寸彩色电视机，长年被湿气和尘土侵蚀，颜色失真，色调偏暖，画面里的人脸红扑扑的，好像在霓虹灯下生活。

她坐在电视机前。电视机开着，轰轰隆隆，是一遍又一遍的广告轰炸。祖父十年前就去世了，那些跟她同年代，甚至更年轻的人逐渐凋零。她长久地、顽固地活着，像一块化石，又像一座雕塑，岁月在她脸上刻下一道道痕迹。陪伴她的人越来越少。她开着电视，眼睛却望着别处。那些一闪而过的画面，那些画面上的人好像是某种寄托，让她的世界有一些动静。

她说脖子好疼，吃饭时头低不下来。她盛很少的饭，夹极少的菜，还泡上一点点咸汤。扒着扒着，她就放下筷子。菜和饭没吃掉多少。她叹了一口气。她颤颤巍巍起身，摸出三根竹筷，尝试几次，架起缺了一边的“口”字，嘴里念叨着：“筷子姑娘筷子神，筷子姑娘实在灵。要是你老人家喊到我，就往里走；要是没喊，就往外走。”

家里的鸡鸭认得她。她走到后院，这些家禽们紧紧围住她，走到哪儿便跟到哪儿。她生气地赶开它们，嘴里骂骂咧咧：“这些畜生，整天就知道要吃的。”回头又端来一锅吃食，胡乱搅拌一番，放在地上，招呼它们来吃。她接满一盆水，往地上泼去。地上的鸡粪、树叶、碎石、泥土随之而去。她又接了一盆，泼在地上。污水流过，冲洗出粗糙的水泥地面。鸡鸭们扑腾着翅膀，爬上茅草屋顶。

她说，什荣婆也不在了，昨天还来烤火的。

陪护

祖母出院后，行动能力大不如前，吃喝拉撒难以自理。父亲与叔叔商量之后，打算在镇上请一名陪护。打听之后，还真的找到一位有经验的阿姨。听父亲说，这位阿姨年纪也不小，有七十好几，但身体很硬朗，能把祖母抱进抱出的。我在家庭微信群里，果然看见这位头发花白的老太，雄赳赳地把祖母抱起来。

记得祖父当年患病，请了一位堂伯照顾。祖母那时身体还好，尚能伺候祖父吃住，便让那位堂伯回去。岁月不饶人，十几年过去，一辈子很少进医院的祖母也需要别人照顾。不久后，父亲给我打电话，让我抽空回来看看，说祖母快不行了，熬过六月也难熬过九月。我请了几天假，急匆匆回到老屋。

祖母精神的确差了许多。年前还能勉强走几步，如今基本不能动弹。阿姨每天把她从床上扶起来，白天就躺在客厅椅子上，到了晚上再抱回床上，日复一日。吃饭也需要打成粉，用勺子一口一口喂进嘴里。她看见我回来，并没有太多反应。看护阿姨大声对她说："你孙子回来看你了。"她勉强睁开眼睛，对我笑一笑。

她的胃口似乎很差，吞咽食物很艰难。阿姨喂她饭时，她连连摇头。阿姨举着勺子喊："老人家唉，你快点吃几口，不吃就会饿死的！你儿子孙子这么孝顺，你要多活几年。"我听了想笑，话虽粗俗，道理也没错，再想想心里又有些难过。三十年前，我经常溜到祖母家蹭饭，似乎她做的饭更香。偶尔来了客人，准备了菜肴，我更是毫不客气。她私下踢踢我，让我吃得斯文点，给客人也留一些。

天气好的时候，我和阿姨扶着祖母，一步一步走到门口，让她坐在空坪上晒太阳。她的头发稀疏花白，皮肤干瘪，锁骨清晰，只有一双眼睛仍然明亮。阳光映照之下，她的脸好像一层薄薄的脆纸，苍白中带着枯黄，似乎用手一戳，就很容易破碎。她的身上始终搭着一块毛毯。她几乎不说话，偶尔张嘴，也发不出声音。她看着我们，有时候会露出孩童般的笑容，张开空荡荡的嘴巴。

阿姨说："纸尿裤用得很快，上次你父亲买的快没了。"我到镇上超市去找，售货员认识我，告诉我上次买的哪一种。我看着眼熟，却想不起她的名字。我把东西放在床尾，正好看见祖母全身发抖，呼吸困难。我惊慌不已。阿姨却镇定自若，告诉我没事的，过一阵子就好了。几分钟后，祖母安静下来，沉沉睡去。

几天之后，我准备离开老家，回去上班。阿姨跟祖母说："你孙子回去了，下次就不知道什么时候回来了，你老人家跟他也告别一下。"祖母似乎听明白了，用力举起手，朝我挥了一挥。我握住她的手，让她听阿姨的话，好好吃饭。又叮嘱阿姨细心照顾祖母。阿姨说："这不用讲，你们家付了钱，这都是应该做的。"

两个月后的某个凌晨，我睡得不踏实，隐约听见手机铃响。起身来看，十几个未接来电，心想大事不妙。拨通父亲电话，祖母真的去世了。脑子里回想起祖母的模样，半宿没睡安稳。一早定了火车票，带着家人回到镇上。老屋门板拆了下来，两侧贴了白色挽联，祖母的照片立在桌上。此刻，她已经躺在灵柩之中。

守灵几日，我又见到那位阿姨。她拉着我，有些激动地说，那天晚上，祖母半夜醒来，也是全身发抖，呼吸困难，刚开始她以为没事的，但是好久也没有消停。她就把我父亲叫过来。“最后抖得厉害，出不了气，看起来好作孽，我的眼泪水都掉下来了。”阿姨一边说，一边抹起泪来。她又说，父亲还少给了她两百块钱，“我只是回去收拾屋子，也没有耽误老人家，就两天时间。”

祖母出殡之后，家人坐在一起算账，收了多少帛金、支出多少费用。天已经很晚，阿姨不知从哪里冒出来。她坐在堂屋里，絮絮叨叨说起祖母那天晚上如何去世，以及父亲少了她两百块钱的事。父亲让她过几天再来，等把账算好，该给的绝不会少。阿姨这才讪然离去。也不知道这两百块钱有没有给她。

葬礼

祖母去世后，我带着孩子回到老家。多年之后，三角铺大体还是旧模样，不过多了几座新房，少了一些熟悉的人。有的人老去了，有的搬离了，还有些不知去向。想想这条巷子里，好多老人都不在了，心中莫名涌起一阵忧伤。

三角铺在我记忆中，曾经是多么喧闹的地方。二十世纪八九十年代时，电力供应不像现在这么稳定，停电是家常便饭。天色将晚之际，家门前便聚集了许多乡民。大家把凳子、竹椅搬出来，摇着蒲扇，海阔天空，胡扯瞎聊。现在回想起来，大人们很少交流养猪种地，反而对政要秘闻、历史战争这些与己无关的事情充满了兴致。听着听着，我躺在祖母的怀里睡着了。

如今，我的孩子就在这里跑着、跳着。物是人非，风景依旧，我心生恍惚。好像时光倒流，我又回到童年。祖母那时只有五十来岁，每天侍弄庄稼，喂猪养鸡，操持着家中事务。有一天，我看中了学校商店的铁皮弹跳青蛙，好几个小伙伴都有。我知道母亲不会给我买，便默默跟着祖母，她走到哪儿，我也走到哪儿。她看出我的心思，进到房间里，拉开木质抽屉，从里面抽出一角纸币。

照片上的祖母笑意盈盈、慈眉善目，只是再也不会拉着孩子的手，一遍遍给他们红包。祖母膝下四个子女，儿孙众多。每年过年，一大家人回来看她。她提前准备好红包，等孩子们离开的时候，一个一个发到手里。有时人太多，她就弄不清楚了。她会拉着你的手反复问：红包有没有拿到？调皮的孩子笑嘻嘻说，没有呢，祖母（外婆）。祖母的手，便颤颤巍巍伸进兜里，又掏出一个红包。

门口两个氙气大灯，将三角铺照得白昼一般。入夜之后，我在村庄中散步。童年的街巷是暗淡的，借着天上的月光和房屋透出的光亮，隐约能看见青石板。如今的街巷装上了路灯，灯光惨白。一个路灯跟另一个路灯隔得很远，中间仍是一片黑暗。三个人的影子在地上拉得很长。

戏班子在灵柩旁搭了台子，一首接一首唱起来，大多是《母亲》《送别》《念亲恩》《好人一生平安》这类歌曲。乡村女歌手久经沙场，几乎无须酝酿，唱得无比动情。声音通过音响放大，在巷子回响。一位侄辈还上去唱了一首《爱你一万年》，唱得潸然泪下，只是祖母已经听不见。直至深夜，众人才散去。

我躺在门口竹床上，紧紧裹着被子。风从巷子那头吹来，夹杂着秋夜干爽的气息。天空中有许多星星，闪烁着微弱的光芒，让我想起她清澈透亮的眼睛。除了偶尔几声犬吠、虫鸣，几乎没有任何声响。我披着衣服起身，将两只红烛点燃，换下快熄灭的残烛。我不敢抬头看她的照片，低垂眼，折回床上。

天亮得很早。四点多，就能感觉到光亮。五点一过，街巷有人走过、大声说话。早起杀猪的、种地的、卖菜的，打破了宁静。清晨的村庄，笼罩着一层薄雾。树木从屋顶上方伸出，好像黑瓦上长出了青草。远处是水墨画般的黛色山峰，连绵起伏，错落有致。山后映着绯红的光，太阳就要出来了。

公祠门口的空坪是露天厨房。一群女人正在切菜、洗菜。当天刚切的猪肉堆放在案板上，散发着热气。一个女人用刀剔出板油，一块一块扔到不锈钢盆里，发出“扑哧扑哧”的声音。另一个人女人正在生火。她将木材塞进铁皮桶，上面架着大铁锅。朝阳越过屋顶，将她的脸照得通红，头发染上一层光晕。

祖母的灵柩抬出去了。上一代人的隐秘、血浓于水的根源，从此长眠地下。我与故乡也少了一丝勾连。灵柩经过之地，唢呐激扬，鞭炮震天，黄裱飞舞，留下一地纸屑。人们从这些纸屑上走过，到田野里耕作，到河流里濯衣，到集市上买卖。纸屑一天天腐烂，终有一天，与泥土融为一体。

灵柩移出厅堂/尘土归于原位/墙上的祖母/凝望着我们/孩子坐在门口/白纸 红烛 黑烬/垒成一座坟墓/巷子尽头/瓦砾纷纷扬扬/旧的不去/旧的不去。

旧的不去，终究还是去了。

黄铜水烟壶

除夕前一天，我独自来到坟前。他刚葬到此地时，这里还是人迹罕至的荒山。如今添了许多新坟，白色花圈还未烂透。这也不是坏事，多几个做伴的，免去了孤苦。坟前的桂花树长得枝繁叶茂，树干约有碗口粗，树枝向四周伸出去，遮蔽出一片荫翳。我蹲在地上，取出三根香烟，从蜡烛的火焰中取火，点燃倒插碑前。

记得许多年前，祖父只吸水烟，用一把水烟壶。壶身黄铜制成，壶嘴接着一截水牛角。他将自家种的焦黄烟叶碾碎，揉搓成柱状，插进烟管。半躺在竹椅上，猛吸一口，发出“咕噜噜”的声响，喷出一阵烟雾。夜幕低垂，他开始讲一个个故事，那些充满乡野气息、民间智慧的古老传说，那些难辨真假却让人惊惧的神鬼故事。一壶抽完，意犹未尽，我便缠着他再讲。他慢吞吞再烧上一壶水烟。

后来抽上红双喜卷烟时，他已患上重疾。恰逢我大学放假在家，陪伴他度过最后日子。毕业前夕，我面临两个选择。我找了一份电厂的工作，稳定，待遇不菲。同时我又考上研究生。父母偏向前者，认为再读几年出来，还得重新找工作，不如直接入行。祖父此时已病入膏肓，却坚定支持我继续读研。他说，多读点书总没错。就这样，我远离家乡，走上另外一条道路，见识更多的人和事。也许前一个选择会让我生活更安逸，但我从未后悔自己的选择。我至今以为他是对的。

他一直是对的，至少在三角铺这个弹丸之地。假如时光能够倒流，回到几十年前，这里还是安静的、与世隔绝的村庄。老祖宗们宋元之际迁居此地，繁衍几十代，祖祖辈辈安土重迁，没有离开这片土地。到祖父这一辈，情况有些危急。曾祖父三十九岁英年早逝，留下祖父这根独苗，与曾祖母相依为命。束发之年，奉母命成婚，扛起家庭重任。祖母不负众望，为这个家族诞下三男一女。

祖父念了六年初小，识得一些字，会打算盘，做过会计，当过木匠，懂点风水，种田也是把好手。在见识上，他超过同村大部分乡民。他跟祖母种了五亩水田、六亩旱地，养了十几头猪，在家打木盆，出去做木匠。辛辛苦苦挣得一些钱，全部用来供子女上学。老大高中毕业，回乡做代课老师，后来考上师范成为教师。老二（女儿）高中毕业，自学成为裁缝，很早做起服装生意。老三考上本科，后来又读研究生，走上仕途，是乡里多年来第一个研究生，也是他一生的骄傲。

值得一说的是老四，我的幺叔。祖母连生三个孩子后，也许身体元气消耗过多，加上田间地头日夜劳累，生出的第四个孩

子营养不良、骨瘦如柴。这个孩子在象棋上表现出过人天赋，但读书稍逊一筹，连续几年高考皆名落孙山。他自己心灰意冷，想放弃读书，回家做个农民，农闲之余下棋为乐，岂不快哉。祖父一顿臭骂，硬逼着他去复读。有一年，祖父带着我去给幺叔送米。辗转乘大巴、爬山路，好不容易将装了五十斤大米的布袋扛到学校。幺叔却哭丧着脸对祖父说，开学时换的饭票弄丢了。那可是整整一个学期的口粮。祖父没有过多责怪他，让他好好读书。祖父说："你不读书，就你这个身体，回去做事恐怕也做不来。这些米你先吃着，回去再想办法。"返回乡下的路漫长颠簸，祖父吸着水烟，一言未发。

回到家里，祖父找乡邻亲友借了些钱，改天又给幺叔送去。我记得祖父没日没夜做木工，打制许多柜子、木盆，给人盖房、上梁，杂七杂八地做了许多事情。这一年，幺叔发了狠心，总算考上电力专科学校。那已经是二十世纪九十年代初，大学学费涨到几千块一年。祖父母已经是五十多岁的年纪。他们依然早出晚归，打草喂猪，每年省吃俭用，攒出学费供幺叔上完四年大学。改革开放的春风已经刮到这个小山村，大部分家庭，子女上完初中便回家务农，或外出打工，家境因之改善。祖父一门心思供子女读书，在一般人看来并非明智之举，甚至有些愚笨。

多年后，我读到《曾国藩家书》，老人家咸丰十年（1860）写给澄弟的信中，提出治家八字诀：书（勤读书）、蔬（种蔬菜）、鱼（养鱼）、猪（喂猪）、早（早起）、扫（打扫）、考（祭祀）、宝（善待人）。祖父肯定没有读过这些。他却有一种朴素而坚定的认识：唯有读书，家族才能兴盛不衰。这些儿孙辈在从事劳作的同时，通过读书和高考改变命运，走出村庄。祖父名下几十口人，遍布全国各地。逢年过节，大家齐聚一堂，回忆起祖父的远见卓识，无一例外地感念、感怀。

香烟供毕，我也将离开坟地。下次再来看他，也许一年以后。他去世后，唯一留给我的，是这把摩挲得光亮的黄铜水烟壶。水烟壶犹在，祖父的爽朗笑声、肥胖身影常出现在梦里。岁月流逝，有些东西风消云散，有些东西却历久弥新。

父亲的故事

祖父去世十年后，我第一次回到老家过清明。刚下汽车，父亲就带领我们穿过荆棘丛生的小径，艰难爬到半山腰。十年前，祖父病逝那段日子仍历历在目，转眼间墓前桂花树已枝繁叶茂。前几年修的墓地，裂开一条细缝。远处望去，青山巍峨，白云皑皑，绿树苍翠。前面的水塘几近干涸，长满了半米多高的野草。大叔选了这个地方，左青龙右白虎，前有照后有靠，据说是个风水宝地。

次日是传统的“吃清明”。今年轮到我们村做东，邻近村子的宗亲赶来祭祖、聚会。祖父健在的时候，恢复这一中断多年的传统，延续至今。今年二十几桌客人，许多人我并不熟悉，他们自然也不认识我。说起儿时的乳名，才恍然大悟。自十几年前外出上学，回来次数稀少，我愈来愈像一个外来者。

老祖宗坟前摆满了水果、烟酒和烟花，以及即将“牺牲”的大公鸡。今年操持这一仪式的人成了我的父亲。祖父去世以后，父亲成为家族辈分最高的“老人”。父亲割断了公鸡的喉管，绕着坟堆逆时针走了一圈，鲜血洒在地上和墓碑前。父亲扯开嗓子念了一通，祈求祖先享用祭品、护佑子孙。我跪在父亲后面，猛然抬头，突然发觉父亲鬓角、发际布满了白发，汗水流淌在脖颈褶皱之中。

瞬间，记忆仿佛回到二十几年前。父亲刚过而立之年，在邻近一个村子做老师。每日骑着永久牌自行车，带着我去上课。有一段陡峭的上坡路，老远开始加速，一点一点往上蹬，到后来越来越慢，汗水浸透了后背，蒸腾出一股热气，父亲发出粗重的喘气声。每次我都为他着急。就在我忍不住跳下来，使劲推一把时，自行车神奇般爬到平地上。这时，一阵凉爽的风迎面而来，父亲轻松地吹起口哨。

接连生了两个女儿后，父亲终于迎来他第一个也是唯一的儿子。在这个闭塞保守的乡村里，俨然是值得炫耀的大事。每天带着我去学校，父亲应该充满自豪感——我猜测——所以自行车踩起来也不觉得累。而我，从小并不是机灵的孩子，甚至有些木讷。幸好那时竞争还不激烈，父亲还没有接受“不让孩子输在起跑线”的说法。我这样一个天资平凡的孩子，在乡村里度过了几年无忧无虑的时光。

父亲没有望子成龙的想法，没有刻意培养或要求我什么。只记得他反复对我说的一句话：如果不努力读书的话，就要回来种田。他那点薪水实在是少得可怜，远远不够一家五口人开销。下了班就要种田，家里还养了猪和鸡鸭。父亲跟着祖父学

会木匠手艺，在家里打制一些家具，多少挣点外快。我小的时候，也帮忙去集市上卖过木桶、澡盆。直到初中时，还在家里帮忙插秧、打谷。

种田自然是件辛苦的差事，但也有不少乐趣。割稻子时发现一窝小鸟，让我欣喜不已。插秧时挖出的泥鳅、抓到的鲫鱼，能让我和姐姐饱餐一顿。更不用说骑在水牛背上蹚过浅浅的河流，赶着一群莽撞的小猪出去吃草，或者冬日里围猎肥硕的田鼠。乡村生活总有未知的新鲜感。有一次，我和父亲竟然在路上碰到了一条金黄色的菜花蛇，蛇的身子有我的手臂粗。我吃惊地望着它，着了魔似的往前走。父亲一把拉住我，抡下锄头，砸在蛇头上，救了我一命，整个动作不过一两秒钟。

如今这些事情回忆起来像是真真假假的梦境，父亲早已淡忘，我有时也辨不清。坟前的烟花点燃，争先恐后地奔向空中，一阵轰响之后，留下一缕淡淡的青烟。我和父亲并肩走在小径上，默默无语。经过镇上的卫生所，望见高耸入云的古树，突然想起十年前祖父曾在这里化疗。那天中午，父亲出去买东西，走进家门，祖父已经咽气。我告诉父亲这一消息时，父亲竟然不合时宜地笑了一下。

这个奇怪的笑容在我心里留了很长时间，甚至成为一个心结。小学五年级时，我曾与同学狠狠地打了一架。他当着许多同学的面喊我父亲的名字，我认为这是对我的侮辱。尽管父亲对我没有无微不至的关怀，也没有在精神上强烈地影响我，但在我心目中，他始终是我最愿意捍卫的人，包括他的名字。父亲用木头制作过一艘木船，能在水中自动划水前进，这让许多小伙伴艳羡不已。父亲能爬上几层楼高的树，摇下成片成片的酸枣。他的自行车能带上我和两个姐姐，我总觉得很神奇。

从这个笑容开始，父亲身上的光环突然消失了。想起这些年来，父亲在母亲跟前的忍气吞声，在子女升学和工作时的束手无策，甚至在大风大浪面前犹豫不决。虽然年岁日长，成熟男人的宽容、从容、坚决、果断，却始终与他无缘。父亲对我的放手是一种“智慧”，更是一种无奈。我成年以后，拙于言辞的父亲甚至没有跟我有过深层次的交流。父亲曾经高大的形象，随着我的成长，渐渐变得矮小，甚至卑微。可是曾经那些光环，何尝不是作为儿子的我有意无意加上去的呢？

离开家时，父亲送我到村口。后备厢里塞满了鸡蛋、腊肉和生姜。汽车发动，父亲嘴唇嚅动。我摇下车窗，依稀听见他说，多回来看看，下次带孩子回来。穿过熟悉的街道，呼吸熟悉的空气，离开熟悉的人，我的眼角有些酸涩。让我感到欣慰又或悲哀的是，父亲所有的优点和缺点，都在我的生命里留下深深的印痕。这是我进入社会这么多年，自己做了父亲以后，体会到的无奈、心酸和幸福。

姑父的集市

我很小的时候，姑父就在集市上摆摊。说是集市，其实就是两条大马路。平日空空荡荡，到了赶集日，一下子热闹起来，许多人像潮水般涌出来。集市的东西品类繁杂，常见的有各种衣服、布匹、日用品、蔬菜、肉类、活禽，还有一些难得一见的山里的东西，以及祖传神药、秘制膏方、杂耍表演等。农夫、商贩、江湖术士混杂其中，空气中弥漫着俗世气息。

姑父最初占了一个邻街的摊位——既然没有什么规划，便遵循“先到先得”的古老原则。姑父出道早，占的位置也不错，背靠大戏台，面朝大马路，人气很旺盛。靠着这块风水宝地，生意逐渐发达起来。从布匹生意扩展到卖男女衣服、鞋袜，从一个摊位扩大到两个。贩货物的工具也从自行车换成三轮车，再变成摩托车、面包车。逢年过节，一家几口还忙不过来，要雇一些帮手。

我也是姑父的小帮手。每次赶集时，祖母做了饭菜，装在竹篮子里，盖上白毛巾送过去。等稍大一些，这个任务落到我的头上。我提着沉甸甸的篮子，仿佛穿过弹雨横飞的战场，给前线的战士送去宝贵的粮食。我独自躲在摊位下，观察着这个嘈杂的世界。有些打着赤脚，脚上沾着新鲜的泥土；有些裤腿卷起来，露出黑黝黝的肌肉；有些穿着厚重的粗布裙，两条腿包裹得密不透风。一些孩子跟着大人，怯生生望着我。也有胆大的孩子，暂时离开父母，爬进来跟我玩一会儿。

日复一日，我终于见到惊心动魄的场面。一只瘦骨嶙峋的手，用大拇指和食指灵巧地操作着一把细长的镊子。镊子伸进旁边的口袋，悄无声息地夹出几张钱。我顿时觉得精神高度紧张，紧握拳头，汗都冒了出来，也不敢贸然冲出去，毕竟那时还小。我拉了拉姑父，悄悄告诉他看到的事情。他却神态自如，不为所动。我有些愤怒，再看见这些镊子时，就悄悄踢一脚，让那些可怜的乡下人警觉起来。

不知是不是因我的提醒，一个男子当场抓住了“镊子手”，两个人扭打起来。突然间，几个人迅速冲了过来，将这个男子团团围住，掏出了明晃晃的刀了。姑父见状，连忙上前劝解。二言两语之下，几个人收回刀子，纷纷散去，一场势力不均的恶斗得以化解。这时，我才明白，姑父早就认得这几个“镊子手”。不光是姑父，集市上摆摊的都认得他们。过了几天，这些熟悉的面孔又出现了。

姑父的理解是这样的。好比是种田，人们专注耕种、播种、施肥、收获这些生产工作，庄稼吸收养分、发育成熟。虫子们则专门搞破坏，消灭那些弱不禁风的庄稼。阳光、雨露、泥土、庄稼、人，还有虫子，构成了整个系统，缺了哪个都不行。集市也是这样，这些“镊子手”就是集市的寄生虫，他们靠着集市生活；他们不干这个，会做些更有破坏性的事。

姑父固执地遵循着他的生活原则，或者说这个集市的生存法则。他从南方的批发市场贩来过时服装，卖给见识有限的乡里人。他是天生的商人，那张嘴平时不太利索，做生意时却十分灵光。无论衣服短了长了胖了瘦了，他总有办法以十分诚恳的态度，给出确切无疑的意见，让那些乡下人心甘情愿掏了钱买回去。我从未见过他有任何爱好，不喝酒、不打牌、不看电视，散了集就在家里算账、理货。每逢赶集时，他就变得神采奕奕，仿佛集市就是他的精神寄托。

集市上最忙碌的时候，就是过年前的几天。乡下过年再穷也要买几件新衣服，老的小的都要。到了这个时候，姑父好像有三头六臂，一个人招呼好几个顾客。这边在挑布匹，那边还要讲价钱，还有一个在试衣服。姑父左顾右盼，以一敌十，一边找钱，一边讲价，嘴皮子不曾停下一刻。除夕晚上，他用那充了血的嗓子，兴奋地讲起一年的收获。照例送给每人一件新衣服、一个红包，讨个好口彩。

姑父在集市上做了许多年生意，一直到整个市场改造。政府拆掉了老戏台，重新划分了摊位。他的摊位转移到半地下，大白天也要开着灯，生意清淡了许多。山里来赶集的人也少了，更多的人习惯去店里买衣服。我去看他时，他蜷缩在衣服堆里，打起了瞌睡，人苍老许多。姑父对我说，不该离开那个风水宝地的。

如初叔公

“德甫哥呃——”，石板路尽头，一个模糊的身影步伐矫健，洪亮的声音在三角铺里回荡，赤脚在青石板上发出“啪啪”声。我低着头专心玩弹球，人影走近时，猛抬头叫了一声——“如初叔公”。

有时，街上还一片寂静，天空刚麻麻亮，如初叔公就过来敲门。开始我以为他有什么事要找祖父，来了以后就在我家吃早饭，然后聊天、下棋、拉二胡。时间长了，我怀疑他是来蹭饭的，祖父似乎没这样想过。祖父文化不高，对文化人却由衷喜爱。如初叔公是乡村里难得的文化人，从小就喜欢读书，作文功夫十分了得，二十世纪六十年代被保送上了湖南大学，读的土木工程专业。一心想学文科的他偷偷跑去报考了湖南工艺美术学校，被原来的学校发现后，被迫退学，回乡做了教师。我对于这段传奇有些不信，眼前这个皮肤黝黑、满脚泥巴、烟不离身的老农形象，跟大学生实在是相差甚远。如初叔公为了证明自己并非妄言，当场就给我背诵了《木兰辞》，竟然一字没错。

如初叔公写得一手好字。春节前夕，常常受托为老乡写春联。别人写对子，每年都是“爆竹声声辞旧岁”，而他的对联都是自己拟的。扫一眼红纸，沉思片刻，蘸上浓墨，屏气悬笔，纸上翻腾，片刻之间，一挥而就。写出来的字间隔匀称，像经木工尺量过一般。如初叔公家门前有一小片空地，有人嫌垃圾场路远，趁他不在家时，把垃圾倒在空地上，为此他烦恼不已。有一年春季，他突发奇想，写了一副对联贴在门口。上联是“金满山，银满山，垃圾堆成山”，下联是“你也过，我也过，到底谁之过”，横批“谢谢合作”。对联很妙，但我怀疑没有人仔细领会他的意思，因为门口的垃圾几乎没有减少。

如初叔公最为自豪的，是重建了村里的公祠。公祠建于清代末期，红军长征时还驻扎过。经过一百余年的风风雨雨，早已是破烂不堪。如初叔公提出重建的想法时，祖父还以为他在开玩笑。没想到他还真的干了起来，先是向县民政局申请经费，然后让村里有名望的老人们发动村民和在外工作的老乡捐款。做木匠的祖父画了设计图纸，村里的泥瓦匠、木工也自告奋勇，男女老少热情高涨。花了一年多时间，公祠修葺完毕、焕然一新。重开之日，村里张灯结彩、锣鼓喧天、喜气洋洋，全村人坐了两百多桌，甚为壮观。公祠建成之后，村里每年正月初二都举行联欢晚会。我早早地搬凳子占位子，节目快开始时，如初叔公和祖父提着烟袋慢悠悠地走过来。

祖父患病后，如初叔公来得更勤，常常在祖父家待上一整

天。祖父对着歌谱拉二胡，一曲接一曲，如初叔公在旁边听得陶醉，还跟着曲子哼着。如初叔公还给祖父讲各种笑话，讲黄井麻子、米精、傻儿的故事。后来祖父病情加重，如初叔公就给祖父贴膏药止疼。祖父刚去世时，如初叔公领着父亲、叔叔和我去打井水，刚走出家门，突然雷声大作，天空阴暗，风雨欲来。如初叔公走在最前面，不停叮嘱我们，“千万不要往后看”。说着说着，声音开始哽咽。轰隆隆一阵雷声后，大雨倾盆而下，如初叔公放声大哭起来。

祖父走了以后，如初叔公也很少来我家了。有一年春节，我在路上碰到他。他握着我的手，微微颤抖着，眼神浑浊，眼角布满皱纹，大半头发已经花白。他张了张嘴，想说什么，又没有说出来。然后缓慢地转过身，朝石板路走去，身影慢慢变成黑点，消失在远处。

县城生活

现在想起我的县城，脑海出现这样一个画面：远处的夕阳，暖暖地映在泠江河上，水面浮现一层暗红色光芒。老石桥外表斑驳，桥墩布满青苔。桥下有一家规模不大的音像店，店里飘荡着慵懒歌声。CD、VCD、磁带，密密麻麻地摆放在货架上。一个十七八岁的年轻人，盯着那些暧昧光碟，眼中充满期待和不安。

老石桥处于县城核心地带。往南就是老电影院。二十世纪五十年代修建的电影院，渐渐失去放电影的功能，沦为廉价外来商品的展销场地。电影院周边开了许多录像厅、桌球室，一块钱一张的票价，在里面能待上整整一个晚上。在这些简陋的娱乐场所里，县城青年接受了香港电影的启蒙，同时经历青春期荷尔蒙的蓬勃生长。

从电影院到学校，路过一块长满野草的菜地。深夜时

分，借着手电筒的微弱光芒，走在狭窄的田埂路上。靠近学校时，灭了手电，爬过围墙，翻过铁门，悄悄回到宿舍。学校常有打架斗殴之事，最狠的是北门欧家。欧家村出了名的团结和彪悍，年轻男子从小习武。跟别的家族斗起来，年轻人冲在前面。口耳相传，县城人提起欧家村，无不惊惧。

我在县城高中待了三年，之后离开此地，去了更大的城市。两个姐姐在县城工作、安家，二姐竟嫁到北门欧家。父亲退休前也在县城买房置业。再回老家时，总要在县城待上几天。那片荒芜的菜地，早已开发成商业步行街，跟我在大城市看到的并没有不同。沿着泠江河，岸边道路两旁摆满各色小吃、地摊玩具和女式过时服装。老电影院拆掉了，取而代之的是一座大型商场，街上人多了许多。

大城市的浮华，正迅速融入县城的每个角落。城里到处可见大幅楼盘广告。外出打工者蜂拥购房，房地产市场经历一轮又一轮热炒。县城人迫不及待、不甘落后地向往着城市，跟随着自认为最像大城市的生活方式，一些流行甚至让人觉得莫名其妙。有时突然兴起一种健身理疗，或者某款网络直销商品，据说是某大城市传过来的。不知什么时候流行起唱歌。无论同学聚会，还是家庭聚餐，唱歌似乎成了必选项目。一群人聚集在霓虹灯下，在酒精和歌声的麻醉下，过着幸福生活。

姐夫的父亲是老县城人，曾做过水泥厂经理。他常常一大早骑着车，带我去小巷子里吃米粉。老馆子的浇头是现做的，当天清晨送过来的猪肝、小肠，散发新鲜味道。米粉吃完，老客照例围成一圈，喝茶、抽烟、下棋、谈天。一些家族内部矛盾，常在这种场合达成和解。等清晨太阳出来，一缕一缕阳光射进这小巷，人群才慢慢散去。

姐夫年轻时曾在北京当兵。年纪轻轻就做了班长，据说得到年轻女大学生的爱慕。在老父亲威逼利诱之下，他勉勉强强回来，在乡政府待了多年后，回到县城工作。现在的他，后背微驼，肚腩凸出。他习惯一边抽着硬盒芙蓉王，熟练地弹着烟灰，一边对我说："老三啊，多回来看看，爸妈都老了。晚上我约了几个兄弟，一起唱歌去，我请客。"

县城，对一些人具有特别意义。贾樟柯的许多电影、故事发生地都在他的老家汾阳。特别是早期的《小武》《站台》，将小人物在县城里的无聊苦闷生活，刻画得淋漓尽致。作家阿乙也来自中部县城。他的大量小说、随笔讲的都是县城青年的故事。相比于大城市的繁华，县城生活是世俗、温暖、缓慢的，也可能是沉闷、无趣、难以忍受的。就像阿乙说的："县城是养生好地方，但精神层面要靠自己引领。"县城的保守和封闭，造成其文化生命力极其顽固，渗透到人际交往、家庭关系等各个方面。身处其中的人，很难抵抗这种文化的侵袭和浸染。

新年旧影

一九八二年冬月，母亲在家中诞下男孩。大年初一，父亲领着一家五口，到照相馆拍下全家福。那是我的第一张相片。不到两个月的我被母亲抱在怀里，脸颊、手臂肉嘟嘟的，眼神懵懂。两个姐姐头扎“冲天炮”，手捧塑料花，一脸天真烂漫。母亲二十五六岁，比如今瘦许多。人像后面是模糊的假山、竹叶。

似乎从那年起，每年春节拍全家福成为一个习惯。即便家中不宽裕，家里人也会换上全新或干净衣服，梳洗打扮一番，去拍张精神抖擞的相片。我五六岁时，祖父祖母与儿孙们一起拍照。相片上的祖母正襟危坐，穿着一套崭新的藏青色棉服。虽然年代久远，仍能看见面料隐约折射淡淡的光线。我很少看见她穿这件衣服，大概是相当珍贵的，一直收藏在衣柜里。

老相片中的人很少有笑脸甚至放松的表情，包括我自己。现在想来，大概把拍照当作一种仪式。一年到头，难得有机会拍张相片。偶尔拍一次，自然认真，甚至有些紧张。每个人到镜子前梳理头发，收拾衣服。有的还用手掌在脸上用力拍几下，透出一块红来，脸色红润有光泽。照相馆师傅大声喊“一二三”，大家凝神屏息，盯住镜头，眼睛也不敢眨。拍完相片，大家松了一口气，有说有笑地走到街上，跟过往乡邻互道祝福。仿佛经过这个仪式，这一年才算真正开始。

相片冲洗出来，照例放到玻璃相框里。更早的相片发黄变脆，取下来放进相册收起来。相片上的人是变化的，有增也有减。大叔、小叔最初单身，二十世纪九十年代中期，大叔带回一个姑娘，小叔紧随其后。两位叔叔同一年有了孩子，加上姑姑一家，最多时，全家福上有二十几口人，把五寸相片纸挤得满满当当。后来，祖父去世，相片上少了一人。老人渐渐老去，昔日相片里的婴儿变成中年人。

再后来，“中年人”在外地成家，不像以前那样每年回家过年。每到春节，跟家人通完电话，心中不免惆怅，总觉得少了些什么。到底少了什么，自己也说不清。老家的亲人发来全家福，年迈的祖母被她的儿孙、重孙簇拥着，花花绿绿，和和美美，唯独缺我。我才想到，原来心里惦记着这件事。

“中年人”也可以拍啊，心中想着，身体已经行动起来。我搬动桌子、椅子，叠上板凳，相机摆来摆去，却找不出合适的位置，要么太高，要么太低。一番折腾，几乎想要放弃时，我发现阳台上的折叠梯。梯子撑开来，相机搁在第四层，高度刚刚好。我调好十秒延迟，对好焦距，按下快门，迅速回到家人身边。

孩子却不太配合，要么扭过头去，要么故意吐舌歪嘴，要么眼睛望着别处。我找了一个毛绒玩具，放在相机上面，好不容易才把她注意力吸引过去。十秒延迟太长，孩子早已坐不住，又改成五秒。就这样又试了多次，好歹捣鼓出几张满意的相片。我又单独给孩子拍了几张。抓拍起来就比让相机自己拍容易多了。

我开始有意积累相片。平时陪着孩子出去玩，带着相机留影。出去旅游，更是少不了拍照。到了中秋、春节等节日，也请梯子配合我拍合影。一年下来，我把积攒的相片做成相册，每张相片下面配上简单的文字，有些是时间、地点的简单记录，有的是当时心情感悟，有的是孩子的童言童语。每年一本，今年已经是第八本了。孩子从呱呱坠地、牙牙学语，变得明眸皓齿、古灵精怪。

相册压轴之作，当然是每年春节的全家福。看着父母双鬓渐渐染上白霜，孩子一天天长大，似乎过去的时光都收藏在一本本相册中。相片拍下的那一刻，留下一个旧影。那些瞬间、那些回忆，构成平凡琐碎的一生。年是新的，人是旧的，新旧更迭，又是一年。这些年，年味渐渐变淡，烟花鞭炮禁止燃放，大鱼大肉唾手可得，新衣新鞋随时能买。能让人记住年味的，大约唯有新年的全家福了。

返乡记

或许是换了新地方，一下子很难入睡。床单、枕头有一种陌生的气息。躺在黑暗中，耳边传来沉重鼾声，由远及近，由近而远，思绪随之起伏不定。清晨，昏睡中被闹钟惊醒，窗外天空刚蒙蒙亮。胡乱洗漱了一把，带着行李，爬上了大叔的车。老家通了高速以后，回家便捷了许多。中途跟大叔换了位置。大叔坐在副驾驶上，跟我漫无边际地聊天。聊着聊着，耳边又传来轻轻的鼾声。

大叔也老了吗？我突然冒出这样的想法。大叔是祖父的第二个儿子，也是祖父最为器重的孩子。大叔也确实给祖父长脸，二十世纪八十年代就考上了师范大学（能够减免学费）。工作几年后，又考上研究生，毕业后被分配到省级机关工作。在三角铺这个小地方，这是罕见的事件。多年来，大叔一直是家族乃至整个村庄的骄傲。转眼间，那个我们要竭力追赶的年轻偶像，也接近天命之年了。

快到中午时，汽车终于开进了村庄狭窄的道路。这里的基本格局没有太大变化，不过老戏台换成了丑陋突兀的水泥房屋。那些老房子更老了，一些更老的老人不在了，冒出许多陌生的稚嫩面孔。家族里的人冒着烈日守候在村头，看来已经等了许久。大叔走出来，引起人群一阵小小的骚动。他保持热情稳重的微笑，跟大家一一打过招呼。在人群的簇拥下，浩浩荡荡回到老屋。

次日是清明宗亲聚餐，宴席摆满了三角铺整个街道。酒菜安排妥当后，大叔站在高处，抬起两手往下一压，示意大伙儿安静下来。过了一会儿，他那浑厚的声音在三角铺的上空响起。他讲起这次聚餐的缘起，追忆起祖坟的搬迁、祖训的传承。现场的气氛一时肃穆起来。他又讲了些祝福的俏皮话，顿时响起热烈的掌声。宴席开始以后，他带着家族一些老人和有地位的人，挨桌向大家敬酒。

整套仪式完成后，他才拿起白毛巾擦了擦汗，定定心心坐下来。一阵寒暄过后，邻村一位七十几岁的老人嗓门逐渐响亮起来："叔公，你老人家一回来，大家心里就踏实。"这位老人虽年长许多，但辈分比大叔低，叫起叔公来倒也恳切。"老叔讲得对，太公不回来，哪个敢主持仪式？今天酒都喝不成。"一个四十几岁的汉子连连附和道。大叔谦虚了一番，开始与大家推杯换盏，酒席活络起来。

宴席毕了，一群人将大叔团团围住。"叔公，这个事情明明白白的。当初生产队派我们到海南去支援农业生产，村里盖了公章，还有介绍信，现在没得人认账，一起去的人老的老、死的

死，再不解决补助问题，我也快死了。你老人家手面广，帮我指条路子……”刚才那位老人情绪激动起来，颈上青筋鼓起，脸庞涨得通红。大叔翻看了他那些发黄的复印资料，一边给他分析情况，最后的结论是只能去省里找相关部门。老人听说这个结果，神情有些黯然，不过也没有再言语。

这桩事刚了，一位满面愁容的中年妇女又凑了上来：“老太公，我屋里男人的事情，你晓得的，本来想出去打工赚点钱，结果上辈子造了孽，掉下来腿摔断了，到现在建筑公司还没有拿钱出来……”女人说着，一边抹起眼泪来。大叔皱了皱眉头，略略沉思了片刻，缓缓说道：“你一个妇女家，不便出面。”他转过头去，对一个虎背熊腰的大个子说：“老三，你找几个后生去跟建筑公司老板谈。要是谈不拢，就打官司。打官司的事我会关照，你们不必担心。”

关于大叔的神奇，有很多真真假假的传说。多年前，大叔有个老实巴交的舅舅，常常受到凶恶村干部欺负，苦不堪言。大叔私下跟村干部的上司做了些沟通。这个村干部一夜之间态度立马改变，让我的舅爷“受宠若惊”。一条规划中的公路，本来与我的村庄无缘。大叔起草一个报告，详述了改道的理由。建成的公路果然从村庄口清清爽爽通过。这些事情口口相传，大叔声誉鹊起。

其实大多时候，大叔是凭着历练和见识为人出谋划策的，去帮助那些走投无路的乡下人——这个偏僻的村庄，除了大叔，他们还能靠谁呢？大叔也很愿意照顾亲人和乡邻。姑妈的两个孩子，从上大学到找工作，再到找女朋友、结婚，都是大叔一手操办。乡亲们孩子上学、到省城医病，经常找到大叔，他也尽力而为。村里有个臭名昭著的二流子，到处招摇撞骗，人人唯恐避之不及。大叔对这样的人，也会伸出手去拉一把。

这些琐事处理完毕，人群渐渐散去。太阳已经偏西，阳光斜斜照射过来，在街巷里投出一道道昏黄的影子。大叔躺在竹椅上，宽阔前额发出亮光，如同一尊佛像。有节奏的鼾声响起，在狭长屋子里回响。周围的一切全都静下来，静下来。

进城记

第一次去省城时，还要乘坐长途大巴车。我蜷缩在狭窄闷热的卧铺上，望着窗外的灯光，心中充满着幻想。整整一个夜晚，竟然兴奋得没有入睡。清晨时到达车站。这是城市远郊，混乱，肮脏，汽车尾气、早餐面点的香气和人的汗味混合在一起。公交车驶入，人们一哄而上。我挤在人群中，进入这座陌生的城市。

想起十几年前的一个炎热夏日，一位不常走动的姑妈（父亲的表妹）突然出现在我家，给我们带来许多礼物，连我这样无足轻重的孩子也没有遗漏。在我印象中，这位姑妈是王熙凤式的人物，能言善辩，手腕灵活，见识颇广。寒暄许久之后，话题扯到我的身上。姑妈得知我提前被县一中录取的消息，希望我能为她成绩不甚理想的儿子补习一段时间，以便备战两个月后的中考。

既然是亲戚，姑妈的态度又如此诚恳，我的父母自然没有拒绝的理由。稍做准备，隔了两天，父亲就把我送到了城里姑妈的家。在路上，父亲反复叮嘱，到了姑妈家里要懂礼貌，注意卫生，早起早睡，多做事情。父亲的担心并非多余，在此之前，我一直生活在偏僻的乡村，对城市生活没有任何概念。

姑妈的家是一个独门独院的三层楼房，门口是一条笔直的水泥路。我站在大铁门外，望着这座戒备森严、巍然耸立的大宅子，内心瞬间涌起一阵崇敬感。父亲抓着铁环，反复撞击铁门，发出“哐当哐当”的巨大声响。一阵骇人的犬吠声响起，姑妈从二楼窗台上探出头来，一边跟我们打招呼，一边急匆匆赶下来。

进了大铁门，再进卷闸门，换了拖鞋，上到二楼的客厅，才安顿下来。这是一个宽敞明亮的屋子，宽大厚实的红木家具，富丽堂皇的水晶灯，花纹繁复的落地窗帘，透亮的玻璃茶几，柔软的带毛地毯，硕大的彩色电视，以及成套的VCD机和音响设备。这些之前在电影里见过的场景，真真切切地出现在我眼前。

在姑妈家里，十五岁的我毫无悬念地经历了人生中许多第一次。第一次使用抽水马桶，第一次使用淋浴，第一次坐小轿车，第一次穿衬衣和皮鞋，第一次玩电子游戏，第一次上高档餐厅吃饭……幸好那时候年纪也小，姑妈的儿子——我的表兄不厌其烦地教我。正如我给他补习功课一样，他也为我上了城市生活的第一课。后来，我离开家乡去城里念书，这些生活经验如此宝贵，让我不至于太尴尬。

两个月后，我重新回到乡村简陋的家——唉，之前许多年并没觉得它如此破旧，如此脏乱——竟然有些不适应，可见人很容易改变。我跟姐姐们描述起城市生活的场景，她们一脸羡慕、惊讶和不相信的表情，眼神透露出对未来的向往。师范快毕业的大姐还“不自量力”地跟我打赌，十年后她也能过上这样的生活。

十年之后，也是一个夏日正午，大姐带着我和父亲，跟一个陌生人谈论起房屋买卖。那天中午，父亲喝多了酒，大姐和我还在谈着，他却躺在沙发上打起了鼾。彼时，大姐已经在城里生活多年，拥有了城里人能够拥有的一切。十年前打的赌，我是彻彻底底地输了。我没想到会这么快，连父亲也要到城里来买房。

自从上了大学之后，我与乡村越来越疏远。从一个城市到另一个城市，渐渐习惯了拥挤、嘈杂，甚至逼仄的城市生活。偶尔回到老家，听着池塘边的蛙声，坐在树荫浓密的酸枣树下，感觉似乎回到了童年时代。但时间一长，没有Wi-Fi，没有咖啡馆，没有书店，没有电影院，没有口味繁多的小餐馆，没有随处可见的便利店，寂寞和无聊会在心里疯长，蔓延全身，让我浑身不自在。

乡村也在变化，变得不伦不类。随处可见的山寨货、拆迁房、重建房、留守儿童、网吧、杂乱无章的房屋，看起来更像是城市的郊区。沈从文的“边城”、费孝通的“乡土中国”、侯孝贤的“童年往事”，在二十年城市化的冲击中迅速瓦解。熊培云的小堡村、梁鸿的梁庄，那些支离破碎的残酷现实，才是当下真实的乡村。

进城既是理性的决定，也是无可奈何的选择。乡村逐渐被更偏远的山里人占领，昔日的亲戚大多在城里安了家。许多人被这股洪流裹挟着，不由自主地跨进城市的大门。我的姑妈也不省心，表兄在广州成家，没有新房，女方不答应。姑妈家境虽然殷实，但在一线城市买房仍然吃力。他们也面临着“再次进城”的难题。

卫国

我家处于三角铺的核心地段。门口有一小块空地，忙时晒谷子、花生、豆子；闲时便是游乐场，顶羊角，滚铁环，抽陀螺，翻纸板，每日上演着花样繁多的游戏。冬天下雪时，把板凳翻过来，坐在上面往下滑，板凳顺带也被洗磨干净了。夏日晚上，门口摆上长凳、竹席，听大人讲那些云里雾里的事，不知不觉睡着了。

三角铺几个孩子中，卫国年纪稍长一点，皮肤黝黑，身材矮小而健壮，脑子也活泛。孩子中流行的各种玩意，卫国玩得最好，常常还有新的发明，自然成为我们的老大。那时，每个家里都有两三个，甚至三四个孩子，大人们忙着挣钱养家，没空管孩子，正好交给卫国。卫国不仅带着我们玩，还自觉负起看管的责任。

卫国最让我们佩服的是他的水性。他在水里像条鱼一样，上下翻腾，灵活自如，在大风大浪中如闲庭信步。邻村有个不服气的，特意赶过来与卫国一拼高下。卫国拉着他在水里半天不出来，这个家伙差点被呛死，灰溜溜地回去了。从学校回来，要绕道经过大桥。有时候为了偷懒，卫国就带着我们从河里游过去，一只手露出水面，高举着书包，书包里还放着衣服和鞋子；另一只手划水，到了对岸再穿衣服回家。

不知卫国从哪里弄到了雷管。中午过后，带着我们去水坝里炸鱼。小心翼翼地点燃雷管扔进水里，只听见一声闷响，翻滚出大波浪，紧接着许多鱼，大大小小的，翻着白肚皮浮上来。我一看见这么多鱼，兴奋地跳进水里。到了水里才想起，这里的水近两米深，我扑腾了几下，浮上来又沉下去。跟我一般年纪的伟仔跳进水里救我，但力量和水性都不济，两个人在水里一上一下，情况更加危急。

这时，卫国跃进水里，从水下接近我们，把我们顶出水面。过了一会儿，等我们不再惊慌时，卫国一手挽着一个人的脖子，靠两只脚凫水，将我们拖到浅水区。那是我第一次离死亡如此之近，如今回想起来仍然记忆犹新。这段经历，我和伟仔都没跟大人说起过。从那时起，感觉跟卫国有了更深一层的联系。

卫国总有许多奇思妙想。有一次，他偷偷把家里的木梯子搬出来。我们一起抬到水渠里，几个孩子搭着梯子顺流而下，一直漂到另外一个村子。其中一段还是暗渠，蝙蝠从耳边飞过，发出骇人的声音。抬着梯子往回走时，自然被大人们抓住了。母亲让我跪在凳子上，晚饭也没让吃。后来回想起来，确实危险。

河里每年总会淹死几个人，又以小孩居多。初一、十五时，

总有神神秘秘的人在河边烧香化纸，嘴里念念有词。卫国却不信这一套，有时半夜里也去河里洗澡。碰到河边烧纸的人，悄悄跑到人家后面，大吼一声，把人家吓得半死，然后一溜烟跑掉。

卫国初中没毕业就去了广东，打了几年工。父母给他说了一个媳妇，催着他回来。办喜酒那天，我和伟仔正好放假在家，帮他去放鞭炮，接新娘。卫国似乎很得意，抱着新娘跟我们喝酒。而我和伟仔却有一种莫名的失落感。

我和伟仔都离开三角铺，上了大学，然后在外面工作成家了。有一年回到老家，卫国已经是两个孩子的父亲了，多年的打拼在他脸上留下痕迹。但喝起酒来，脸上微微泛红时，他仿佛回过神来，滔滔不绝，笑声爽朗利落，隐约让我想起少年时代的卫国。那时的他，精力充沛，胆识过人，充满好奇心和激情。

再次听到卫国的消息，是来自父亲的一个电话：“卫国走了。大中午的，喝了米酒去游水，回来躺在床上就吐白沫，在送去卫生所的路上就没气了……”大约有一分钟时间，我突然说不出话来，只觉得胸口一阵闷，一阵堵。没想到卫国竟然以这种方式告别我们。“我宁愿替他去死，造了什么孽哦！”卫国的姐姐哭着说。

毕竟离不开水。我和伟仔站在三角铺，桥下依然流水潺潺，岸边野草疯长，几只野狗在觅食。一阵风吹过，有熟悉的味道，也有渐渐陌生的气息。有些东西逝去就不会再来，如同这桥下的河水。

童年

平时在家里待的时间少，到了周末，女儿千方百计地缠着我，要我陪着她玩，搭积木，打架，下飞行棋，读绘本，扮演老师和学生上课。偶尔坐下来看看书，她也要爬上来坐在我的腿上，跟我一起写字画画。有一次，我悄悄问她，为什么盼着爸爸回家啊。她有些委屈地告诉我，家里没人跟她玩，妈妈还老是教育她。

女儿天性开朗，喜欢跟小朋友一起玩。而我和妻都是外地人，平时也没有地方串门。幼儿园同学在楼下一起玩，彼此父母却不熟悉，也不方便去别人家里。女儿只能待在家，要么自己玩，要么跟我一起玩，或者看动画片。偶尔去了小朋友家里，她就赖着不肯走，最后被硬生生拖走，边走边哭。

我们碰到这种困境，很大程度源于这代人大规模的迁徙和独生子女政策。二十世纪八十年代初期，我刚出生的那段时期，每家每户还有两到三个孩子。父母们忙于生计，没工夫也没精力看管孩子。乡邻祖祖辈辈沾亲带故，彼此熟识，基本没有外来人口，父母也敢放手让孩子们去玩。学校学习任务不重，补课更是闻所未闻。这种宽松环境，加上乡村广袤的地理空间，孩子们创造出无数种玩耍方法。

我的村庄地处丘陵，四周环绕秀丽的喀斯特山峰，一条清澈河流从村庄北侧缓缓流过。山上常年长着各种野果，还能碰见野鸡、兔子，甚至野猪，大片旱地上种植着柑橘、柰李。山上的岩洞适合探险，洞里有暗河、蝙蝠，以及形状各异的钟乳石。河流是夏天游水的去处，岩石缝隙中藏着螃蟹。田地更是游戏的乐园。水田中的鲫鱼、泥鳅、黄鳝，稻田里的麻雀、水蛇、青蛙，池塘边的翠鸟，草丛中的田鼠，以及鸡、鸭、猪、狗等牲畜家禽，与村庄、田地和农夫构成了封闭的生态系统。钓青蛙是童年时的劳作和游戏。从沤肥地里挖出蚯蚓，穿进线里，带着竹竿和尼龙袋就出门了。黄昏来临前，小伙伴们成群结队地赶往田野。稻田中、池塘里总有无穷无尽的青蛙，白天钓，晚上捉，冬天还去掏洞，每年也不见少。

有一年冬天，稻子都收割完了，稻草在田地里堆成一座座小山。不知谁想到稻草下躲藏着肥硕田鼠。一群兴奋的小伙伴包围草垛，胆大的孩子走上前去，一个一个掀开草垛。到最后关头，大家都屏住呼吸，气氛十分紧张。突然间，一个黑影急促地冲出来，还没等我们反应，已经不见踪影。胡乱掀了几个草垛，终于逮到一只。大家兴高采烈，有人收拾，有人生火，有人回去拿了调料。烤得皮焦肉嫩时，一阵阵香味弥漫在空气中，暗

自咽下口水。一个性急的小伙伴，甚至忍不住要去抢了。我们分享着劳动成果，觉得人间美味不过如此。后来还上演了一个闹剧，一个小伙伴抢了剩下的，一路狂奔一路吃，等追上时已经被他啃得精光。

如今，女儿想要接触这些已经是天方夜谭。她按部就班地上课，学习画画、跳舞、弹琴，接受各种艺术熏陶。我与妻常常发生争吵，就在于是否让孩子自由玩耍。妻顾及孩子卫生和安全，很多东西不让她接触，出门在外更是禁忌繁多。我一个人带着她时，就偷偷让她随便去玩，只要没有安全问题就好。

安全的确是城市生活的一个软肋。在我生活的城市，就发生过孩子进了自家单元楼电梯后却无缘无故失踪的怪事。最后发现孩子遇害了，凶手就是同一单元楼的租客。更不用说横冲直撞的汽车、防不胜防的骗局、身边形形色色的陌生人。万一上帝把骰子掷到自己身上呢？没有哪个家庭承受得起。于是，孩子生活的空间日益逼仄，被限制在父母认为“安全”的一片区域，按照预定轨道考试、升学。

四十年前，三毛曾经写过一篇《塑料儿童》，感慨那个年代的孩子已经不像她一样能无拘无束地感受到大自然的快乐，只沉醉于塑料玩具和电视节目。这样的场景，如今换成了智能手机、平板电脑，变成了网络上各种虚拟的游戏。昔日的“塑料儿童”，如今称为“电子儿童”似乎更为妥当，乡村孩子的时代已经远去。五岁的女儿能熟练操作智能手机，甚至要求把她的指纹录入手机，以便随时开启。

科技进步、城市发展的趋势是不可逆转的，同时伴随着乡村的凋敝和萧瑟。我并非留恋过去的生活——这种生活还被记忆美化过——我只是觉得孩子应该拥有更有趣的经历。可是，我的女儿不一定会羡慕我，她很快会习惯和适应这种新的生活环境。她有她自己的童年，尽管不像我曾经历过的那样丰富多彩、充满未知。

少年卡夫卡

那天，夕阳似乎特别红、特别暗，散发出血一样的气息。他的右腿多年前受过伤，走在路上姿势略微有些异样，矮小结实的身体左右晃动，地上长长的影子也变幻出奇怪的模样。他走得却极快，我不时加快脚步，才能跟上他的节奏。这时，一辆破旧的沾满泥土的中巴车从身后开来。耳边传来刺耳的刹车声，他迅速拉住扶手，跳上踏板，向我招手，咧嘴一笑。中巴车驶离，他的身影渐渐模糊，消失。

这是我跟他的最后一次见面。高中毕业那年暑假，大家无所事事，到处流浪。他一个人来到我家，跟我住了几日。白天帮家里干活，晚上讨论文学、理想、人生，谈论未来的打算。他刚满十八岁，对未知世界充满幻想和憧憬。他考上远在新疆的大学，选择了生物工程专业。新疆，这个遥远的地方对他来说有着致命的吸引力。风沙、大漠、边疆、姑娘、异域，提起这些字眼，他的眼里闪烁着光芒。

他每天坚持跑步，做大量的俯卧撑、仰卧起坐、引体向上。日复一日，锻炼出厚实肌肉。夏天傍晚，学校老香樟树下，常常有个少年，昂着头，赤裸上身，提着一个铁皮水桶，朝淋浴房大摇大摆走去。路旁女生议论纷纷，他却不甚在意。那些苦闷的夜里，我们经常爬出围墙，在电影院、录像厅和桌球室里打发时光。桌球室里鱼龙混杂，青春少年荷尔蒙旺盛，漂亮女生的一个眼神、一个玩笑，随时可能引发一场争斗。他打起架来毫不逊色，左右开弓，拳打脚踢。不占上风时，就一溜烟没了影。

一个夜晚，走出录像厅时，已近深夜，下起了大雨。那时出来根本不会想到带伞，潜意识里认为打伞是女孩子的事。但是雨实在太大，等了十几分钟也没有停歇的意思。他望了望我，打定主意跟我说，要不“裸奔”回去吧。我愣了一下，点了点头。找来一个塑料袋子，把衣服鞋袜塞在里面，赤条条在雨中奔跑起来。大雨倾盆而下，浇在头发、脸、脖子和身上，雨水与汗水混在一起。开始觉得冷，慢慢身上发烫。在雨中越跑越畅快，整个人似乎都自由了，冲破所有束缚。

他漠视各种规则，憎恨别人的限制，到了无以复加的地步。要是喜欢一件事，他会无比投入，譬如锻炼身体、读书、听音乐。高中三年，他过得随心所欲，尽情燃烧着自己的青春。填报志愿时，他选择的都是远离家乡的地方，新疆、甘肃。也许只有辽阔的大西北才能安放他躁动的心灵。我曾经想跟随他，填报新疆的大学，却被父母坚决劝阻，终于留在了长沙。而他，如愿去了乌鲁木齐。

他在信里跟我说，坐了三天三夜的火车。他买的站票，一路站过去，浑身酸痛，下车时手脚僵硬。但是，他喜欢这个地方。“到达乌鲁木齐的时候，正是秋季。大街上银杏叶落了一地，放眼望去，一片金黄色，令人沉醉。这里的天空高远寂静，碧空如洗，空气干爽，湖水碧绿。走在街上，常常见到单纯友善的笑容。深夜梦游，仿佛身处仙境。如果有可能，我想以后留在这里……”

听见他的消息时，我正躺在宿舍床上读《海边的卡夫卡》。即将消失的昏暗日光透过污浊的玻璃，将傍晚凉意送达到我的皮肤。我的心突然抽搐了一下，陷入往事的回忆中。许久之后，从昏昏睡梦中惊醒。此刻，天已经完全暗下来，宿舍空无一人。黑暗中，我伸出略有些颤抖的手，摸索着按下开关。日光灯煞白，被雨水淋湿的脸庞、赤裸上身的少年、充满幻想的孩子，在眼前一闪而过。

毕业那年，他回学校取毕业证，横穿马路时不幸遭遇车祸。大学四年，他一直没回过老家。四年后，竟然以这种方式留在遥远的异乡。少年卡夫卡在成人世界里孤独而倔强地成长，他也如此。这样也好。多少年过去，在我记忆中，他仍是那副少年模样，如此纯净，如此独特。

回不去的故乡

邓老师看起来就不像本地人。高高的个子，苗条的身材，挺拔的鼻梁，深邃的眼神，还有那大红大紫、花样繁多的长裙，不经意间流露出一种异域风情。已过不惑之年的她，整日跟孩子们相处，言行举止之间还保留着少女般的腼腆和纯净。那天，女儿美术课后，我们走得最晚，无意间跟她聊起，才知道她是新疆人。这个东南沿海的小城市里，虽然有许多全国各地的移民，但新疆人还是少见的。

邓老师来自新疆昌吉，这个我从没听说的城市多年前跟苏州就是友好城市。于是她有机会来到苏州美专学习美术，结识了现在的先生，在这里安家立业。多年前，她的父亲还健在时，来过这座城市，却很不习惯，她的姐姐们也是如此。昌吉这座城市物产丰富，气候分明，人们单纯友善，生活安逸。“特别是那里的水果种类繁多，哈密瓜、

葡萄、香梨、石榴、红枣、草莓、苹果，味道特别好。你吃了那种小的无籽白葡萄，根本就不要再吃这里的葡萄。哈密瓜甜得发腻，这里的哈密瓜没有味道的。”邓老师说起这些，神采飞扬，我也忍不住垂涎。

“但是太远了，”她轻轻叹了口气，眉眼低垂，“一家人回去一趟，机票要一两万，那几年为了省钱，两三年才回去一次，前年父亲突然去世，才觉得钱再多都没用，父母不在了，家也没了，心里空空荡荡的，回不去了。”她的话一下子击中了我。参加工作这几年，我回家的次数也少得可怜。总为自己找借口，路远，没时间，孩子小不方便。其实比起她远在新疆的家，我回去一趟又算什么？

刚毕业时，其实有机会回老家工作的。年轻时想远走高飞，觉得老家小县城保守落后，没有新奇感，没有发展空间。接到苏州一家单位的录用通知时，毫不犹豫就答应了。母亲为此还伤心许久，埋怨我不顾家。我觉得母亲没有眼光，盯着眼前这点利益，不会从长远来考虑。这几年，我心安理得地在这里工作。

跟我一样想法的人还不在少数。好多高中同学在北上广深这样的一线城市，有一份看起来还算体面的工作，比如律师、公务员、会计师、工程师。整天挤着闹哄哄的地铁，住在城里租来的房子里，辛辛苦苦地工作，在茫茫人海中坚守着渺茫的希望。想在这样的城市买房安家，仍然是一个无法实现的梦想。有机会聚在一起时，讲起家乡的血鸭、酿豆腐、米粉、烧酒，回忆起小县城的青葱岁月，我们都无比留恋。但很少有人会因此放弃现在的生活，回去过上安逸的生活。

也许我们多年来受的教育，就是想尽办法“出去”。至于到哪里去，没有明确的目标。反正不能留在故乡，走不出去就意味着失败。这是祖父们、父辈们得出的深刻教训。他们多年守着这片贫瘠的土地，吃了太多苦，却没有办法离开。只要有机会离开，就不愿意再让我们重复那种艰苦乏味、毫无希望的生活。到城市里去似乎就意味着光鲜的未来，到城市里去就意味着全新的人生。

背负着这样的希望，我们这一代人在异地开始了全新的生活。正好“幸运地”赶上了高房价时代，而房子又是成家立业不可或缺的。许多人跟我一样，在做房奴和不做房奴之间摇摆，思来想去都是痛苦，只是痛苦的方式不一样而已。逢年过节回家时，还得装出一副混得不错的模样，得给父母长脸，不能让亲戚朋友、街坊邻居小瞧了——他们暗地里也会攀比，谁家的孩子混得好，谁家的孩子不行。

多年之后，再回头看看自己的故乡，我们已经回不去。且不说日益破败、物是人非的小镇，且不说面目全非、庸俗丑陋的县城，我们浸淫在城市虚妄的繁华中，自以为是地追求着所谓的潮流，思想和行为习惯与曾经生活过的地方格格不入。我们怀念的过去，不过是美丽的幻影罢了。故乡已经没有我们的立足之地，而城市又能成为我们的归宿吗？我看见邓老师神情恍惚，眼神凝滞，双手搭在膝上。她仿佛想起了准噶尔盆地上那个阳光灿烂的城市，想起了她逝去的父亲。

老去的村庄

走进三角铺时，风景依旧。红砖瓦房，石板路面，一股潮湿的霉味在空气中弥漫。我拉着行李箱，小心翼翼地绕过泥泞，皮鞋在石板上撞击出清晰的声响。街旁的住户大都闭着门，显得格外宁静。

一路回来，五次转车。最后一段距离，路面破旧不堪。颠簸，颠簸，中巴车像是得了痨病一般，没走几步就剧烈抖动，胃里的食物翻涌着，我不敢动弹，往下使劲咽口水。短短二十多公里路程，似乎比火车上那一千四百公里还要漫长。路边是起伏的丘陵、绿色的庄稼和空旷的田野。车子走走停停，时常有赤膊者在路边拦车。女售票员很不耐烦，嘴里不停唠叨着，催促着上车下车的人。

走进狭长的老屋，我有些恍惚，仿佛时光回到十几年前。新养的大黄狗狂吠不止。它在忠诚地履行自己的职责，它不知道，我曾经也是这里的主人。我深深地吸了口气，像一条找到家的狗。祖母在后院里扫地，身影单薄，动作迟缓。我的鼻子微微有些发酸，大声地喊着“奶奶”。耳背的祖母回过头来，盯着我看了几秒钟，才认出来。

屋后的酸枣树郁郁葱葱，曾是我童年时的乐园。春天时，酸枣树长出嫩绿的叶子，挂上青果子。夏天到了，我在树下挖蚯蚓，好去池塘钓青蛙。秋天的风刮落了熟透的酸枣，小伙伴们在树下争抢果实。冬天的酸枣树叶子掉光了，从田里收割回来的甘蔗，被成捆成捆地埋在树下。如今，只有祖母每天在酸枣树下扫地。酸枣落了一地，无人去拾。

下过雨的村庄，空气清新通透。远处的山峰清晰可见，村庄与田野之间有一条小河。河不大，但很干净。绿油油的水草轻轻摇摆着，丝丝缕缕，清晰可见。我曾在河里拦坝，洗澡，抓鱼，在夏日烈阳下跟水牛争抢过地盘。小河依然潺潺，那些“宏伟工程”都灰飞烟灭了。

村里的公祠是叔公和祖父的“丰碑”。当年，叔公热心公益，和祖父一起发动捐款，亲自设计图纸，规划施工。公祠建成之日，村民们敲锣打鼓，举办隆重庆典。全村两千多人聚餐，是多少年未见的盛况。祖父去世多年，坟前的桂花树已是枝繁叶茂。我走进公祠时，偌大空间里，只有一人在戏台下独坐着，显得落寞无比。墙上斜挂着一块牌匾，支撑一边的绳索断裂了。残阳从天井里散射进来，匾上“礼仪之乡”几个字斑驳陆离。

后院的池塘长满了杂草，水都干涸了，几只鸭子在草里觅食。以前的池塘一直蓄满水，养着各种鱼，池塘边长满垂柳。我躺在池塘边的小屋里，伴着蛙声入眠。而另一个池塘，已经突兀地立起一座房屋，裸露的红砖头与记忆中熟悉的场景重叠在一起，我有些无所适从了。

走过熟悉的街道。门前坐着老人，花白的头发，木讷的眼神，嚅动着嘴唇，想说什么又没说出来。在他们眼中，我无异于外来者了。我对他们笑笑，他们报之以僵硬的笑容。还有的人在喃喃自语。有些房屋似乎久无人住了，门上挂着锈迹斑斑的锁，门上爬满了绿色的青苔。有一处房屋已经倒塌了，横梁斜搭在瓦砾上，中间长满了杂草。

唯一看到年轻人的地方，是村里的网吧。所谓年轻人，大多是十几岁的孩子。他们戴着耳机，双手在键盘上迅速移动，动作娴熟。还有人在聊着QQ，脸上挂着莫名的微笑。老板娘躺在藤椅里，一壶茶冒着热气。在孩子们兴奋地叫喊中，我听到了一丝鼾声。

天冷就回来

小舅公逝世后，朋友圈里亲友一阵唏嘘。其实，大部分亲友与老人接触不多。老人家二十世纪五十年代初参军，之后六十多年漫长岁月，从政治部工作团到志愿军警卫连，再到战斗排，转业后到川中矿务集团工作。一辈子兢兢业业，直到退休。我辈分低，记事时曾见过老人一面，后来无缘再见。看到照片和视频，仍然觉得激动和感伤。年轻的他，戎装威武，胸前佩戴各色勋章，眉眼间有一股英武之气。

二十世纪八十年代末，小舅公曾携家人回老家探亲，一大家子人热热闹闹。后来年岁益高，没有再回。一位叔叔辈亲戚回忆起几件往事。几年前去四川看老人家。多年不见，担心见面不识，“笑问客从何处来”。小舅公在电话里发出爽朗的笑声，说道：“我‘江古佬’（舅公乳名）往那里一站，老家人哪个不认得！”每逢过年、过节以及他的生日，老人总是痴痴守在电话机前，等待远方亲人问候。

二十世纪五十年代的军人，算得上时代弄潮儿。小舅公兄弟几个在当地皆有些出息，有的做了乡镇小学校长，有的是县城中学团委书记。六个兄弟，四个姊妹，孙辈几十口人。过年时，走不清的亲戚，吃不完的腊肉，喝不尽的米酒。二十世纪八九十年代，山里不通汽车。每年春节，祖父领着我们，挑着腊肉、糖果，越过弯弯曲曲的盘山路，去给舅爷、姨婆、表伯们拜年。开饭时，亲戚们两桌也坐不下，女眷们只能在边上站着。红红火火的炉灶焖着山里野味，烟熏火燎的屋子散发着诱人香味。

如今老人们各自凋零，只剩下我的祖母和她的六弟、四妹。后辈们散落全国各地，从二十世纪九十年代中后期到前几年，有一二十年时间没有联系。这一两年，我们通过朋友圈，再一一建立起联系时，许多人和事变化非常大。昔日年轻的面庞双鬓已发白，曾经生龙活虎的汉子渐渐老迈。那些小孩子们已长大成人，有了自己的事业和家庭。

豁达开朗的舅婆也老了。她从讣告前蹒跚行过的照片令人动容。相濡以沫的老伴，如今，生平简历浓缩在一张黄底黑字的纸上，贴在老旧橱窗里，显得十分突兀。舅婆满头银发，杵着一根不锈钢拐杖，手臂上的筋一根根凸起，脸上写满了落魄、孤独、苦涩和不舍。舅公一直心念故土。大江大海几十年，也未曾断了乡情。青山处处埋忠骨，舅公的魂魄还能回到他的“铁狮岭”“鲁草塘”吗?

祖母姊妹均享高寿。祖父去世后，祖母已经独自生活十余年。对于老屋，对于故土，祖母有一种难以言说的情感。叔伯们多次请求，她也不肯离开这个熟悉的地方。身在外地的我能理解这种情感。三角铺的老屋，后院的酸枣树、池塘，红砖瓦房，天井，木板楼梯，粮食仓库，等等，这些都承载着少年记忆。更何况我的祖母。她从十几岁来到这个屋子，一辈子不曾离开。到老了，更不愿离开这个有着霉味的日渐衰老的屋子。她终将与这栋屋子一样，孤独又无奈地老去。

从某种意义上讲，祖母这代人仍是幸运的。无论如何，他们落叶能归根，在故土出生，又回归故乡的山山水水。我们这代人从上大学、进入社会，就与出生、成长的故乡远离、疏离。年轻一代，当然有追求更好生活的权利。但是，追逐成功的同时，拼命往前奔跑的时候，是否真的快乐，值得每一位拼搏者沉思。

歌手陈洁仪在一首老歌中咏唱："天冷你就回来，别在风中徘徊。妈妈眼里有明白，还有一丝无奈。天冷我想回家，童年已经不再，昨天的雨洒下来，那滋味叫作爱。呜……别在风中徘徊。呜……天冷就回来。"或许我们真该回去看看。尽管我们的童年、少年，记忆中熟悉的人物、风景，渐渐物是人非，至少我们还有共同的记忆。这些记忆，让我们在面对城市巨大的陌生时，不至于太过孤苦和无助。

第三辑

看过许多云

树木深沉而静穆，任时光如流水般逝去，看世界风云变幻、人世沧桑，却不动声色。

湖畔跑步

春季樱花开放后，夏日梅雨来临前，是最适宜跑步的“天作之时”。假如有这样一个湖泊，位于城市中央，湖面开阔，湖水澄净，湖畔树荫浓密，一路鸟语花香，绕湖一圈正好十公里，就得了“地利之便”。倘若贪心一点，还有三五个志同道合的“跑友”，互相照应，暗中较劲，简直“天时地利人和”都齐全了。

雾霾不重的时候，从上班的地方望过去，高楼林立中，隐约能见到玄武湖，甚至能看到紫金山上半球形的雷达。鉴于网上播报的PM2.5数据并不准确，这种原始直接的目测方法，通常作为判断能否室外跑步的重要标准。空气好的日子屈指可数。天气晴好，视野清晰，是跑步的好日子，即便有小雨，也不妨碍我们这群跑步者的热情。

夏日昼长，到达湖畔时，太阳还未落下。压腿拉伸之时，火红色的阳光映在湖面上，湖水仿佛一块巨大的红布，在风中轻轻飘扬、微微颤动，又像是无数细碎钻石，发出璀璨光芒。一阵微风吹过，颗颗钻石变成滚动的金子。偶尔有大鱼跃出，片刻间又落入水中，打碎这些钻石和金子。过了一会儿，湖面重归宁静。

正是晚饭时，湖畔人还不算多。起跑第一公里速度稍慢，基本用于热身。第二、第三公里逐渐加速，大家依然有说有笑。第四、第五公里进入适应期，呼吸变得急促。第六公里时，经过一个十几米的小坡，之前的节奏突然被打乱，呼吸更加紧张，肌肉酸痛，脏器也疼，这是全程最难熬的一段。跑过六公里后，呼吸趋于平稳，全身肌肉放松，步伐与呼吸逐渐合拍，头脑变得麻木。

跑过湖面北侧火车站时，气温突然升高，明显感觉热浪扑面而来，带着汽车尾气和柏油路散发的热气，进入肺里。再次跑进树林，一阵凉意混杂着湖水的腥味和草木的浆香。这时，太阳就要落下去了。暗淡的红光投射在紫峰大厦的玻璃幕墙上，再反射到湖面，形成一道长长的亮光，仿佛是湖底世界的神秘入口。

这道光转瞬即逝，湖面余热迅速散去，夜晚凉意升起，悄悄侵入身体。湖面从最初的红色，变成金黄色，再到银灰色，此刻，已完全成了青黑。湖畔高楼霓虹和路边灯光，影影绰绰地映在湖水之中，摇曳成美丽朦胧的光晕。巨大的奥运五环，从黑影般的明代古城墙远远投射到湖面上，营造出如梦如幻般的意境。

天色将晚，锻炼的人们大规模拥出来。伴随着富有节奏感的音乐，跳广场舞的大妈占据了所有的大块空白地带。身着各色衣服的人们聚集在一起，举着旗帜，喊着口号，享受着虚幻的集体主义快感。一对对的情侣或母女，或快或慢地走动着。还有人踩着独轮，在人群中轻巧移动身体，做出杂耍般的高难度动作。

过了解放门，有一片黯淡之处。前后两个路灯相隔甚远，中间是一片开阔的荷田。青蛙们闹中取静，躲到这块隐秘之地，然后一起放开嗓子歌唱。远处一架无人飞机，在湖面上空急速上升、盘旋，垂直掉落，快到湖面时，又猛地抬升飞起，发出一阵阵尖厉的声音，让人看得揪心。高分贝的音响、嘈杂的人声、无数腰间的收音机，以及粗重的呼吸声，混合在一起，演奏着伴随跑步者的交响乐。

跑完后十分钟，大脑当中多巴胺、血清素之类的化学成分想必是很高的。快乐和痛苦往往是孪生兄弟。我们能感觉到的快乐，往往是以肉体受到折磨为前提的。从这个层面来看，跑步也是一种修行，通过肉体的痛苦，得到精神上的升华和净化，进而感受到一种大境界、大快乐。

我一直认为，室内跑步机是一项糟糕而无趣的发明。好比，母亲会做一种很好吃的点心或菜肴，孩子长大后难以忘怀。如果有好心人认真研究这道点心或菜肴的成分，进而通过流水线生产出来，且不论味道如何，其氛围已谬以千里。跑步也是如此，如果仅仅为了强身健体，未免忽视这项运动的精神意义。

骑行十公里

搬家之后，上下班必须横穿主城区。十公里的路程，开车要四五十分钟，走走停停，停停走走。我几乎尝试过所有的路线，最短的由西向东沿大道走，最长的从城外绕个弧线走，还有走单行道、穿小区、走连出租车司机都不一定知道的捷径。令人沮丧的是，无论哪条路线，或快或慢，从未少于四十分钟。天气不好时，一个小时也不一定能到。

无可奈何时，我想起了久违的自行车。此刻，它正静静地躺在车库里，蒙了一层厚厚的灰，轮胎瘪瘪的，像后宫中长期被冷落的可怜妃子，一脸落魄。记得刚买回来时，不锈钢车架银光闪闪。我经常骑着它在市区游荡，那时还没有车库，每次都小心翼翼地将它折叠起来，气喘吁吁地扛到五楼的住处。

十公里而已，半程马拉松还二十一公里呢！我暗自下

了决心。用湿毛巾轻轻擦拭过，车身又变得闪亮，充满气的轮胎鼓鼓囊囊，像小马驹强健的腿，随时准备奔跑。四月一个阳光灿烂的清晨，我和我的自行车开始了十公里之旅。

广玉兰亭亭玉立，梨花、桃花渐次开放，野菊花冒出了细小的花蕾，草地一片油油的绿意。风扑面而来，一开始直接打在鼻子上，沿着脸颊两侧分开，钻进毛发中，最后擦着耳朵往后飞快跑去。风中夹杂着花木清香、河水腥味和露水的清凉。进入市区，这些味道逐渐被俗世气息所取代——汽油燃烧的气味，人的香水味，豆浆、大饼和面的香味。

这样胡思乱想着，漫漫十公里路程竟然就完成了。而且只用了三十八分钟，着实让我惊奇，比预想要快得多。我得郑重申明，我虽热爱自行车，却未接受过专业训练，我的车只是可折叠的、二十寸轮胎的小型车。如此装备，第一次就快过了汽车，简直是对我之前愚蠢行为的无情嘲讽。

在日复一日的骑行中，我逐渐感悟到骑行的节奏，行进中的韵律感，这是一种精神乐趣。这种韵律感，不同于汽车断断续续的颤动，而是一种舒缓、和谐的节奏，似乎是轻松随性的舞蹈。这种节奏变幻莫测，时而强烈，时而平缓，时而悲伤，时而喜悦。强烈时全身肌肉绷紧，快速行进；平缓时浑身放松，从容欣赏风景；悲伤时双腿沉重，缓缓而行；喜悦时充满力量，脚下如蹬风火轮，爬陡坡也不觉得累。

如果想象力再丰富一些，我可以把自行车当作钢铁侠的盔甲、蜘蛛侠的行头或超人的披风，骑上或穿上它们，就觉得内力倍增，身体深处的力量奔涌而出，无法阻挡。是的，有时觉得自行车就是身体的一部分，像延展的手臂或腿脚。每次见到那些卧伏于车上、腰弯得像大虾似的专业骑行者，在路上专注于风驰电掣时，愈加强烈地感觉人与车如此融合。

相比于开车所受的约束，骑车要自由得多。快慢随心，累了干脆就停下来。骑行在路上，种种景物忽而在前，忽而又往后去了。随着视角的不同，房屋和树木展示不同的侧面，与早晚光线相映衬，景色千变万化，无一时一刻相同。

三月底到五月初是一年中最好的骑行日子。若是冬天，骑车要装备齐全：帽子、手套、羽绒服，把自己裹得严严实实。骑到半路时，身体微微发热，寒风逼人，极易着凉。夏季最担心雷雨，毫无征兆的雨劈天盖地地倾下来，不得不急匆匆跑到屋檐下焦急等候，若在空旷郊外，只能享受“淋浴”了。

快慢之间

从昆山市区往西，过了白马泾大桥，就进入了另一个世界。绿灯亮起，起步，换挡，加油门，行驶在宽敞的马路上，空气从车窗里挤进来。萦绕在心头的喧嚣、嘈杂，都被一脚油门抛到了脑后。

沿着马鞍山路继续往西，路边郁郁葱葱，荷叶铺满池塘，芦苇在风中飘荡，时而见到垂钓者和骑行人。突然，一股淡淡的腥咸味飘进鼻子里。近了，近了，我正在嘀咕时，前面的车子已经停下来了。一片开阔的湖面出现在眼前。深蓝色的湖水与远处的天空连在一起，几幢高层建筑在薄雾中若隐若现，湖中间是一片一片的围网，一群白鹭从湖面上优雅地滑过，再靠近岸边就是青色的芦苇和水草了。

记不清到过阳澄湖多少次了。周末时，我会带着家人到这里来，铺开一张野餐布，打开带来的零食，席地而坐，在这里度过一个悠闲的下午。朋友到昆山时，我也带着他们到湖边上，看风景，品湖鲜。还有的时候，感觉心情烦闷、无处宣泄时，一个人骑着自行车，低着头，踩得飞快，心脏快速跳动，额头和背上都是汗水。到阳澄湖边，我躺在湖边的大石头上，呼吸着咸湿的空气，仰望蓝天白云。什么也不说，什么也不想，就这么过来坐坐，心情就会好很多。

此刻，我坐在阳澄湖边上。湖面的微风轻轻拂过我的脸，我不知不觉放慢呼吸，心情也变得轻松。到了湖边，时间似乎就慢下来了。十几年前，我还是乡村少年时，村里人到了晚上都在外面纳凉，叨唠着田地、庄稼，也谈论着不甚了解的国内外形势。我躺在一张窄窄的长凳子上，祖母拿着扇子为我赶蚊子，我慢慢进入梦乡。那时，时间过得好慢啊，让人无法忍受，真想快点离开这里，到大城市去工作、生活。如今，我每天过着快节奏、高强度的生活时，突然又怀念起以前那种慢节奏的生活。快和慢啊，有时只在于心境。

或许是为了体验湖边的宁静生活，1845年，美国作家梭罗移居到瓦尔登湖畔，搭起木屋，开荒种地，写作看书，过着非常简朴、原始的生活。他将这段经历记录下来，就是著名的《瓦尔登湖》。我刚开始阅读此书时，只是觉得文字流畅，意境优美。越读越觉得有一种无形的魔力，在万籁俱静的时候，竟然为之神往了。梭罗在书中这样写道："一个湖是风景中最美、最有表情的姿容。它是大地的眼睛；望着它的人可以测出他自己的天性的深浅。湖所产生的湖边的树木是睫毛一样的镶边，而四周森林蓊郁的群山和山崖是它的浓密突出的眉毛。"

身处苏南平原的阳澄湖，没有"森林蓊郁的群山和山崖"

做它的眉毛，“大地的眼睛”这一称号也有些不合时宜。相比较于太湖的浩渺、金鸡湖的繁华和傀儡湖的澄净，阳澄湖是随和而亲切的，就像老屋后院的池塘，又像是慈祥的外婆。从昆山市区到湖边，也就是半个小时的车程，随随便便就过来了。深秋时节，到湖边坐一坐，品尝正宗的阳澄湖大闸蟹，馋劲得到满足，一脚油门又回去了。

汽车再次经过大桥时，已经是灯火璀璨。大桥是两个世界的分界点，仿佛《1Q84》中青豆从高速公路紧急通道进入另一个世界。道路拥挤不堪，汽车喇叭、广告音响和鼎沸人声混杂在一起。前面是红灯，我踩下刹车，挂好空挡，向后舒展僵硬的脖子。不经意间，望见一轮满月挂在夜空中，散发着柔和的光泽。

树木无言

早上骑车出去，一路树林成荫。阳光透过树叶，一片片掉落在路面上。在树荫下骑行，眼前忽明忽暗，如相机快门在眼前闪烁。早晨的风，携着阳光的味道，带着露水的温润，在脸上柔柔滑过。风儿拂过树木，树叶“哗哗”作响，间或有轻灵的鸟鸣、浑厚的蛙叫，还有不知名的昆虫声。

前面是一座小桥，有长长的斜坡。深呼吸，暗暗发力，加速，加速，冲到半途，换低挡，再坚持，终于到桥上。条蜿蜒的小溪在桥下静静流淌，青绿色的莲叶，紧紧贴着水面，莲子亭亭玉立，与莲叶正好映衬。从桥顶往下，借着强大的惯性，车子快速溜下去，疾风掠过。一位骑行者迎面而来，戴着头巾、护膝，还有遮阳眼镜，胸前衣衫被汗水浸透。擦身而过的瞬间，他突然向我打招呼：“嘿，早啊！”一副热烈表情。我愣了一下，下意识点点头，随即滑

开好长一段距离。

这个陌生的面孔，我敢断言，与我从未谋面。难道是他认错了，还是视我为骑行同类，或是为了打破这早晨的宁静？这个清晨，除了徐徐的风声、间或的鸟鸣，偌大的树林里，真可以说是静悄悄的。而且越往深处，树荫越浓密，越显得幽森、宁静。一个人置身其中，是要感到寂寞，甚至是恐惧的。碰到同类时，能说一句“嘿，早啊”，是一件多好的事啊！

许多人向往宁静的生活，但内心深处仍是害怕孤独的。现代生活里，还有比寂寞更可怕的吗？看看这世界，瞧瞧周边朋友，谁不是争先恐后发出声音，谁不是以后知后觉为耻？电视、报纸、网络上的新闻铺天盖地，天天都会发生惊天动地、耸人听闻的事情。我们也乐此不疲，出去玩了一趟，品尝一些美食，见到不平常的风景，甚至点点滴滴的生活琐事，都要通过网络让全世界知道，唯恐跟不上信息时代的洪流。

我望着眼前的深沉绿色，突然想，幸好这些树木不会言语，不然这个世界该是多么吵闹啊！树木深沉而静穆，任时光如流水般逝去，看世界风云变幻、人世沧桑，却不动声色。然而，树木真的无言吗？也许树木也有“言”，只是与人不通。动物们也有语言，鸟与鸟，蜜蜂与蜜蜂，叽叽喳喳，说着悄悄话，只是我们无法理解。不同季节的风，不同时节的树，一定有变幻的节奏和旋律，诉说着不同的情怀。夜阑人静时，樟树与杉树，榉树与桦树，有没有秉“月”夜谈？

智者能听懂树木的“语言”。文学家木心看见“路旁树林荫翳、繁叶密枝构成慑人的幽深”，他感觉到，树木有无言之言，仿佛在说“就这样，这样，静默、不动——不再动，静默——不必动、不再动、不动”。画家，尤其是风景画家，也懂得树木的语言。你看梵高的向日葵，你看明清画家的松、竹、梅、菊，那蓬勃热烈的生命，那恬淡至极的高洁，如果不懂得树木的言语，如何能表达出“树命”的神韵。

人类有语言的天赋、有文字的传承，但很多人滥用了这个功能。我们说了许许多多的废话，不必说的话，说了也白说的话，一再重复的、无益的话——而真正有哲理、有深意的话，都简洁至极，又深奥至极，如老子、庄子、尼采，又如《周易》《论语》，寥寥数语，让后人几千年也琢磨不透。树木的“无言”，或许也是这样一种简洁的深奥。

在湖边拍照

入梅不久，空气中弥漫着浓重暑气，走在湖边，仿佛置身巨大的浴池。清早与她约好去拍照。湖畔空无一人。在一个湖泊旁，她坐下来，又躺下去，最后闭上眼睛，风拂过她的头发、衣裙，她仿佛也成为湖的一部分。一只鸟飞过，在她头顶上方驻留片刻，又迅速飞离。远处一片朦胧，山、水、天空混成青灰色。近处深绿色的蓝藻却清晰可见。波浪袭来，绿色与绿色撞击，发出轻柔腻滑的声音。

湖水浩浩荡荡地铺陈开来，几座低矮的岛屿和山峰点缀在湖面上，深灰色的云飘在空中，让眼前的风景变得层次分明。相机里的照片却有些灰暗无力。我一张一张地删除，丝毫不觉得怜惜，甚至有些愤怒。毕竟是内陆湖，再大，也不过如此。海洋的气魄是无法阻挡的，最普通的相机也能捕捉到埋藏在海面下的汹涌，从海底喷薄而出的力量与狂野。而湖水难以与之相比，何况这燠热天气，让人难以忍耐。

她在诗中写道：夏天迟迟不去/有太阳的地方/感觉在蒸笼中/你如果习惯/可以无视热气/和往常一样，呼吸、劳动/高兴或不高兴/如果不平静/一分钟都不能忍耐/忍耐吧/除非你和这个世界丝毫没有关系。我明白你的心意，我只能选择忍耐。我喜欢北方辽阔的天空、干爽的空气，却难以忍受生活饮食的粗劣。我心甘情愿回到细密潮湿的南方，因为跟它有如此密切的关系。

土砖瓦房破败不堪，石板路面青黑发亮，街坊邻居猥琐木讷，霉味挥之不去，谣言真真假假。赶集的人们挑着担从巷子里走过，舞狮的人们从巷子里走过，黑沉沉的棺材从巷子里走过，留守孩子与枯萎老人从巷子里走过。远离故乡这么多年，这些回忆、这些往事依然生动，充斥着令人毛骨悚然的细节。我不知道自己是厌恶还是喜爱这种生活，却深陷其中，无法逃离，无处逃离。

等梅雨过后、高温来袭，湖边将弥漫一股令人窒息的气息。想到这里，我突然理解这里的芜杂——很少有人会到这里来散步。树木、灌木按照自己的方式随意生长着，从一侧伸到另一侧，枝干歪歪扭扭地纠缠在一起。硕大的蜘蛛在林中结网，蚊虫们闯入其中，成为它们的食物。我这个不速之客也被黏糊糊的蛛网挡住，越来越多的蛛网像蚕茧般将我团团围住，最后留下椭圆的躯壳。

“你还好吗？”她很关切地询问。声音沉闷喑哑。

我当然很好。在浩瀚的湖边，在南方潮湿温暖的空气中，我找到了容身之地。阳光从蛛网间射进来，光线变得柔软亲

切。我隐约看见她的脸、她的长发、她的一袭白裙。如果背上有一对翅膀，她就是一个天使。“天使”轻声说：“你快出来，照片还没拍完呢。”我极不情愿地爬了出来，像是被母亲叫醒的睡懒觉的孩子。

她白皙光洁的脸与苍老皲裂的树皮同时出现在取景框里。我将焦点对准脸颊，对准皮肤上的一颗黑痣。镜头马达转动，发出轻微的“嘶嘶”声。她躺在一块棱角清晰的青石上，硬朗的线条与柔和的身姿在画面中融合在一起，石头也变得轻盈。她的脸上闪过一丝不易察觉的微笑。我屏住呼吸，安静地等待一束光线。等晨曦从林间穿过，映照在她宽阔的额头上时，才是我按下快门的时刻。

这个时刻如此短暂。阳光从湖面山峦间升起，雾气迅速消散，蜘蛛们遁入无形之中。夏日阳光普照，一切真相大白，相机失去用武之地。我对“天使”说，等明天清晨或傍晚再来。我跟她一前一后，横穿湖畔公路。汽车呼啸而去，空气中留下一阵轰鸣声。声音逐渐消弭，湖畔阒寂无声，仿佛置身荒野。

一架巨大客机飞过，靠窗的中年男人看见地面巨大的湖泊，和两个孤独渺茫的身影。湖泊伸出五只手指，想把他们牢牢抓住，却无能为力。男人闭上眼睛，大口吸气，抵抗着爬升带来的耳鸣。湖泊静卧着，人们正离它而去。

一日不见

清明回了一趟老家。家族轮流坐庄，今年轮到我家。那些多年不见的堂叔堂伯、堂兄堂弟全来了，一时间熙熙攘攘。记忆中那些年轻俊朗的面孔，纷纷变得肌肤松弛、沟壑丛生。老人的脸上几乎满目疮痍。碰到二十年未谋面的儿时伙伴，兴奋之余，也对彼此容颜甚至性格的变化感到惊异。

想想也正常，自从到外地工作，回家次数屈指可数。转眼十年过去。时光倏忽，身处其中却浑然不觉。十年间，外面世界翻天覆地的变化似乎与这里无关。他们按照传统的习俗生活，婚丧嫁娶，生儿育女。尤其是二孩政策放开后，人们争先恐后地生孩子。四十几岁的妇女仍然想方设法为家族添一个男丁。“多一个孩子，多一双筷子”，是他们朴素而坚定的信念。城市生活所遇到的房价高企、课外补习、雾霾污染、单车共享、通货膨胀，以及无法驱散的焦虑，在这里从来不是问题。祭祖摆设的露天酒席，一桌只需两百多元。逢三赶集的风俗流传至今，售卖的货物与十几年前也无差别。而且，这种生活还将继续下去。

就像我很难理解那些为了生一个男孩而背负巨大风险——身体和心理——的中年女性。要知道，她们的孩子已经成年，甚至孩子也有了孩子。她们同样对我不愿意为家族传承付出而心存疑惑。她们对于个人生命价值视而不见，仿佛活着就是为了生育。至于自己，毫无疑问，是可以做出牺牲的。

返程路上，我望着高铁外面的风景。那些郁郁葱葱的青山、高低起伏的丘陵，逐渐变幻成千篇一律、烟囱林立的厂房。我渐渐明白，我与这个村庄、与家族亲人的格格不入，也许源于自身的经历。这十年，我在东部发达的工业城市，经历了经济、社会的巨大变迁，经历了房价的轮番上涨。十年间，我成长了，经历了，改变了，而他们依然在原地，日复一日地重复过去的生活。这种改变是悄无声息、水滴石穿般发生的。我改变得太多，而且对这种改变习以为常。多年后，两种观念发生接触和碰撞时，激起的波澜尤为壮观。

相比于身体容颜的变化，心理上的变化让人更为诧异。观念不是一天形成的，而是在与他人的接触、对知识的理解，在观感见闻中逐渐建立起来的。古代社会变化缓慢。三五年不见，彼此对世界的认知不会有很大的分别。而到了如今信息爆炸的时代，三五日不见，几乎就会出现沟通上的困难。据说，那些身陷囹圄的人，出来之后最困扰他们的，不是经济困窘与身份认同，而是难以理解这个世界，有一种被时代抛弃的失落感。而那些因为工作不得已分居两地甚至两国的夫妻，导致他们婚姻破裂的，往往也是彼此对世界的认知出了偏差。

诗经有云："一日不见，如三秋兮。"这是古人对时间的理解，是他们的狭义相对论。与一个人在空间上相隔甚远时，时间流逝极其缓慢，一分一秒备受煎熬。如今通信技术空前发达，从根本上摧毁"一日三秋"的感知意义。人与人之间能随时随地交流，但心理距离不会因此拉近。观念和认知上的差异，甚至更容易使心理距离扩大，甚至造成两人的分裂。一日不见，如三月，甚至如三年，也不是没有可能。

有时候，我反而怀念那种缓慢。缓慢之中，有一种"海上生明月，天涯共此时"的从容，有一种"两情若是久长时，又岂在朝朝暮暮"的笃信。无论天涯海角，无论天南地北，人们愿意相信一些美好的东西。在这个日新月异的年代，我们应该珍惜愿意坐下来，愿意听你倾诉、与你交流的朋友，珍惜与你朝朝暮暮相处的亲人。如此，我们才能对彼此的改变习焉不察，对时光的流逝习焉不察。

习焉不察，说起来，也是一种幸福。

山阴路的夏天

写得入神，抬头一看，已过饭点。来来回回绕几圈，却没有特别想吃的。一个人，除了面，就是炒饭之类。心里彷徨着，还是去了小马家，他们家的鸡蛋炒刀削面反反复复吃不腻，其他的，也不过尔尔。店里五六张桌子，墙上贴着红底白字的塑料菜单。一墙之隔是油腻狭小的厨房，近马路的窗户积存着许多黑色油污。我到南京那年，这家店就在这里，这么多年还在，好像要永永远远开下去。小马戴着一顶白帽子，在店里招呼着，一些金发碧眼的年轻人边吃边聊。

最近眼睛不适，医生叮嘱，每隔三四十分钟要离开电脑，起身远看。写过东西的人知道，一旦沉浸在某种氛围里，就很难脱离。所以下楼吃饭，顺便散步，也是一种有益的休息。以这幢大楼为中心，周围两公里的每一个角落几

我看青山多妩媚
料青山看我也如是

山阴路

乎都被我走遍了。独自散步时，往往能看见一些平时不易发现的风景。墙上的藤蔓、废弃的电话亭、隐秘的花园、巷子里的小酒吧、竹林里的野猫、杂货店里饱经风霜的老头等等，构成了我在这座城市的私人记忆和日常生活。

从上海路往西，穿过南阴阳营街，就到南师大附近。一位身穿白大褂、满头白发的老妇人，常年坐在法院门口。身前立着一块白色硬纸板，她必定有许多冤屈，不然也不会像上班一样，每天准点出现在这里。即便如此寒冷的天气（天气预报说，暴雪即将来临），也没有阻挡她的脚步。我经过时看了一眼，她的眼神冷漠，对我、对路人不抱任何希望。她守在这里，也许只是一个执念。人总有许多执念，沉迷其中，很难解脱。比如爱情，身处爱情中的人以为自己是对方最重要的人，或者对方是自己最重要的人，直到某一天，发现事实并非如此。

南师大校园中有许多参加播音主持和表演考试的年轻人。一个身穿红色大衣的女孩对着偌大的草坪，旁若无人地“咿咿呀呀”着，好像那一丛丛枯草，就是她虔诚的、狂热的粉丝。橱窗里陈列着一幅幅学姐们的照片，个个明眸皓齿、笑颜如花。她在这里能看到她的美丽梦想，她光明灿烂的未来，尽管那也是一种执念。也许，年轻人需要某种执念，不然如何有勇气面对人世间无穷尽的烦恼和痛苦。

绕过山坡，从北面的小路走过去，就是山阴路。《山阴路的夏天》在南师大学生中传唱甚广，就像我们曾经唱过的《樱花树下的家》和《遇见》。一首歌就是一段青春。那些唱着《山阴路的夏天》的年轻人，终有一天会跟我一样，在这里怀念他们的青春，虽然他们现在还是无所畏惧、满不在乎的样子。我离青春越来越远了。只有在这种无目的的散步中，才能感受到彻底的放松和自由。

但是这种自由是短暂的、虚无的。我也被某种东西所束缚、所牵挂。这是我的执念吗？人最大的执念就是欲望吧。我一直以为工作和金钱会带来安全、安定，但这种身不由己，常常让我感到焦虑不安。在欲望实现的过程中，人却越来越空虚，越来越孤独。工作是什么，工作是你不想做却不得不做的，梦想是你想做却不能或不敢去做的。说到底，还是一种选择。佛经中说："心无挂碍，无挂碍故，无有恐怖，远离颠倒梦想。"想必是有道理的。破除执念，才能让心灵获得真正的喜悦。

谈幸福是奢侈的。冬日干枯的草地上，有老人推着婴儿车，有情侣互相依偎，有鸟儿落下啄食，有阳光从树林间穿过。年幼的孩子蹒跚学步，年老的人们乐享天伦，年轻的学生追求梦想。年近中年的我，担负起该承担的责任。我们离不开这种琐碎、平凡的快乐，就逃不开执念。那么，拥抱它吧，像拥抱孩子一样。

回到周庄

不可思议的是，真正在昆山生活了一段时间，才知道声名远扬的“中国第一水乡”原来就在这里。几年间，陪着朋友和师长去了很多次周庄，或在柳树吐绿、春意盎然的三月，或在秋高气爽、虾肥蟹美的十月。去过很多次、很多次以后，水乡的风景、建筑已经很难吸引我的注意力。无聊的我坐在老宅码头前的石凳上，看着一拨又一拨的人群拥进去。嘈杂的人声在厅堂里响着，频繁的闪光灯照亮了狭长的走廊。

一次偶然的机会，我才体会到周庄独特的魅力。那天晚上，我一个人住在了古镇的客栈里。白日的游人散去后，夜晚的小镇有一种静谧之美。月色的清辉洒落在古桥上，映照在流水中，一阵微风吹皱了水中的月影。零星的游客或小镇的居民走在古旧的长廊里，在昏暗的灯光下投出长

长的影子。找一个茶馆坐下，抓一把茴香豆，吃一壶阿婆茶，听着那咿咿呀呀、缓慢悠长的昆曲，人就静下来了。不知如何进入梦乡。第二天清晨，很早就醒来了。穿上衣服，沿着石板街，走过几座桥。坐在河埠边的石凳上，看着东方的天空显出鱼肚白，火红的太阳在水面上映出一道道光，水面上蒸腾起一阵雾气，白雾随着晨风飘散，吹拂到我的脸上，有一股咸湿的味道，令人沉醉。

这是另一个周庄，与白日喧嚣、热闹的周庄完全不同。近三十年前，“深藏闺中”的周庄被陈逸飞发现时，也是这般地宁静、祥和。那时的周庄还不通公路，乘着摇摇晃晃的摆渡船，陈逸飞走进了这个被人遗忘的小镇。他说：“站在周庄的任何一个角度都是好的。”从未在周庄生活过的陈逸飞，将自己的双桥作品命名为“故乡的回忆”。我想，也许是周庄浓厚的生活气息触动了画家的心。河边洗衣女人扬起的手臂、石板街上老人脸上的皱纹、小巷窗户飘出的饭菜香，这是一种回家的感觉，有亲人的牵挂、乡邻的寒暄和熟悉的气味。在陈逸飞来过之后五年，台湾作家三毛也来到了这里。“万水千山走遍”的三毛，经历了撒哈拉沙漠的荒凉和幸福的三毛，此刻坐在缓缓前行的乌篷船里，河面的风掠过她的长发，抚摸着她略带沧桑的脸庞。她突然热泪盈眶，不能自已。从荒无人烟的沙漠走到江南水乡，或许这里能安放她那漂泊的心，这里就是她苦苦寻觅的故乡吧！

周庄今日的繁华和幸运，与它长期的宁静闭塞有关。地处水乡泽国，交通不便，在经济飞速发展的时代，因为其“落后”而凸显出独特的风貌和韵味。经济发展，科技进步，物质丰富，人的精神却日益空虚。城市建设在满足感官需求的同时，夺去了人们的精神家园。周庄这样的古镇，承载着历史的厚重，保留了时光的痕迹，能让疲惫的心灵得到休憩。可惜的是，很多人去周庄都是行色匆匆，难以静下心来去体会。又何止周庄呢？生活节奏太快，物质的力量又过于强大，急功近利、爱慕虚荣的氛围萦绕身边，常常让我们浮躁不安。能够在某个夜晚，安静地坐在古镇沿河的茶馆，透过玻璃窗看倒映在水中的灯光，已经是人生莫大的乐趣。倘若这里有一家别致的咖啡馆，还有几个挚友相伴，那简直是我奢求的人生境界了。

有人说，停下脚步，让灵魂赶上来。也有人说，走得越远，离心灵越近。无论是喧嚣嘈杂的俗世生活，还是漂泊行走的流浪人生，周庄总是悄无声息地化解你内心的防备，让你感动。

孤独的旅行

十几年前，我还生活在乡村里。村庄地处平原与山地之间，地貌起伏不平，随处可见一座座或高或矮的山峰。我喜欢在田野和山中自由游荡，跟伙伴们嬉戏、游水、捕鸟、钓鱼。最神秘和刺激的，还是去山洞探险。山洞多为喀斯特溶洞，里面漆黑一片，宛如宇宙空间里的黑洞，是未知的世界。我们举着煤油火把，带着木棍，扒开山上的荆棘，来到凉飕飕的洞口。大的洞口能容下几百人，小的只能一个人勉强进去。洞里常见的有蝙蝠，还有不知名的鸟，也有一些不知名的神像。往里走去，山洞越来越狭窄，似乎无路可走时，钻过一个小洞，豁然开朗。有时候山洞地势往下，到底时会见到清澈的暗河，流水潺潺。有时候山洞是往上的，爬到最后，出去已经到了山顶。

或许正是这种未知的强烈快感吸引着我，让我忘却危险，也无恐惧。几年之后，我已经从县城的高中毕业了。在等待录取通知书的日子里，我们一帮无所事事、身无分文的同学，约好去各自家里玩。坐着破旧的中巴车在乡村路上，骑着自行车飞驰，有的时候干脆就走路。凭着青春年少时无处发泄的旺盛精力，走遍了县城的东西南北。在水库里游泳，帮同学家里收割水稻，躺在夏夜楼顶的凉席上吹牛，到山里去追赶野猪。喝着家乡酿造的米酒，略显稚嫩的脸被酒精染得通红。那似乎是我告别少年时代的一个仪式，之后就远赴异地他乡。

之后许多年，我又去过很多地方，冠之以“旅行”的名义，却难以体会到少年时去探险或游荡时的快乐。有一年，在湘西凤凰古城，游客熙熙攘攘，排着队在吊脚楼前拍照，年轻的游客身穿租来的苗族服饰，站在沱江边上嬉笑，举止轻浮。我突然感觉有些难过。那个沈从文笔下淳朴单纯又充满传奇色彩的边城已经远去，如今的凤凰喧嚣而物质，与精神无关。人们排了几个小时的队进入上海世博会的法国展馆，在马奈、梵高、塞尚、高更等大师们的画作面前，没有几个人去欣赏作品，而是急着拍照，然后迅速离开。

我们越来越依赖相机，到了某地，立刻要将美景装进相机，放到网络上以存留念。更重要的东西被忽略了。放慢脚步，不带相机，用心去体会，与本地人去交流，了解这里的“自然”，真正的旅行应该是孤独的。像李娟写阿勒泰，“戈壁滩上，只一棵树，就能把大地稳稳地镇在蓝天之下”。或者像画家黄永玉，沿着塞纳河走到翡冷翠，“以我们几十年光阴换回满满行囊的故事”。孤独的旅行迫使你面对自我，更多地思索精神层面的问题，更深刻地体会此地的人文和历史。

或许这跟人生境界有关。丰子恺先生说，人生分为物质生活、精神生活和灵魂生活“三层楼”，世间大多数人停留在第一层楼，学者和艺术家要爬上第二层楼去看看，而境界更高的要上第三层楼，去探究人生的本质。智慧的人享受孤独，内心深处有更高的精神对话和交流，好的哲学家、作家都是如此。平凡的人害怕寂寞，整日喋喋不休，执着于细枝末节，只好寻找外部的、物质的东西填充。

人在旅途

14车9号上铺。我坐在候车室里，手攥着车票，心里默默念着。

这是中部县城的老式火车站。水泥地上散落着塑料袋、玉米棒和橘子皮，蓝色的塑料凳上一片斑驳，头顶的吊灯、远处的玻璃窗户积满灰尘。广播里的声音断断续续，间隙时还插播着广告。从充满现代气息的国际机场来到此地，有恍如隔世之感。

临近检票，穿着制服的检票员同志每次出现，都会引起一阵骚动。等到快要放行时，广播“及时”播报了列车晚点的消息。如同一场不大不小的雨，暂时扑灭了候车室里刚刚燃起的热情。刚刚背上的包又放了下来，继续焦灼地等待，继续茫然地守候。

耳边响起孩子刺耳的哭闹声。循声望去，孩子被胡乱

“捆绑”在大人背上，显得无助而可怜。在祖母或者外婆的厉声训斥下，哭声渐渐停息。身边穿着红色外套的女子，黄色卷发遮挡苍白的脸，涂了眼影的眼睛有些妖媚。年轻的情侣依偎在一起，窃窃私语，时而发出毫无顾忌的笑声，随即又被候车室的声音所淹没。

终于上车。被人流裹挟着，不由自主地往前走去。我拖着笨重的行李，沿着长长的列车一路小跑，直到看见14号车厢的牌子。安顿好行李，我半躺着坐在下铺。抬头一看，对面的旅客正是我在候车室里看到的红衣姑娘。我对她微微一笑，她也礼貌性地向我点头回应。我突然为刚才不怀好意的揣测而心生惭愧。

旅途中总有些令人难忘的人。早熟老成的“90后”老板西装革履、谈笑风生，说起上海滩的有钱人，一脸羡慕，隐隐也有些愤然不平。隔壁传来杭州编制外女教师滔滔不绝的声音，谈起她的弟弟、她的婆婆、她的工作，言语中有骄傲，也有委屈、挣扎和无奈。我相信，如果列车就这样一直开下去，她也能永不停息地说下去，我很佩服倾听者的耐心。羞涩文静的医学院女研究生捧着一本《神经医学》，时而盯着书本，时而望着窗外，眉头紧蹙，神情专注，有一种青涩的美丽。

夜晚的卧铺车厢灯光昏暗，空间狭窄，空气中混杂着香烟、方便面和臭袜子的奇怪味道，还有各种人散发的体味。在这样的环境里吃饭，真是一场噩梦。不过，也有人就着几包鸡爪和不知名的食物，喝着啤酒，很享受的样子。坐在对面的阿姨热情地与我分享她的零食。所谓噩梦，或许只是我一厢情愿的想法。

午夜时分，列车响起播音员略微有些焦躁的声音："现在广播求医，10号车厢有小孩突发疾病，乘客中如有医生，请马上赶到10号车厢。"反复播了好多遍，听得人有些纠结。我想起旁边的医学院女研究生，为什么一直没有动静？是睡着了吗？还是不愿意过去？又或者没有足够的诊断能力？种种猜疑在我心头萦绕，驱散了本来就很不坚定的瞌睡。广播反复响起，直到我再次昏昏沉沉睡去。

从候车室来到列车车厢，有一种时空转换的感觉。候车室永远人满为患，人们永远彼此陌生。而狭窄的列车车厢，强行拉进了人与人的距离。刚刚在候车室还是陌生的人，暂时卸下了戒备和局促。随着交谈的深入，逐渐热烈起来，甚至有相逢恨晚的感觉。譬如杭州女教师对面的上海老夫妇，有些懊悔自己为什么没有这样的儿媳，下车前还有些不舍地交换联系方式。"90后"老板也与年轻的医学院女生搭上了"老乡"关系，向对方发出了热情的邀请。我也曾在列车上与别人交换联系方式，只是下车后就天各一方，从此杳无音信。

列车缓缓前行，风景从眼前退去，柔和的钢琴声响起。此刻，我坐在车厢里，竟然有不知从何处来、到何处去的感觉。熟悉与陌生都是暂时的。我们只是旅客，再漫长的旅途也有终点。唯有列车，如同一只不知疲倦的时钟，缓慢而固执地前行。

去恩施看云

藏在深山人未识

过宜昌不久，动车进入一个又一个隧道。车厢随时会暗下来，长久的黑暗让人神情恍惚，仿佛在宇宙空间旅行。出隧道，迎面而来的是大片绿色，以及连绵起伏的青山、灰色的云。村庄、田野、河流，全部散布在很深的谷底。这些风景仿佛告诉我，动车正在几十米甚至上百米的半空行驶。从南京出发不过四五个小时，持续多日的酷暑仍如影随形。心境却在这风景抚慰下，渐渐变得安宁。

阿勇开车接了我们，直接往城外驶去。出城已近黄昏，湛蓝天空下是一片墨绿色水面。水库里停着几只独木舟，无人看守。路两侧开着各种餐馆、民宿。越往上走，道路越窄、越险。一侧是绝壁，另一侧是深不可测的悬崖。天完全黑了，半山腰上亮起零零星星的灯光。车很少，偶尔有摩托车呼啸而过。

次日清晨，孩子们还没睡醒，阿勇带我去“大山顶”。依然是盘山路，路边是排列整齐的高大松树，不知是自然生长还是人工移植的。松树后面种着密密麻麻的玉米。传统的吊脚楼很少见到，许多钢筋混凝土的楼房正在建设。我以为“大山顶”是一块平地，却始终未曾寻着。往上走，眼前风景变得旖旎。这是一片开阔腹地，纵深至少上百公里。房屋点缀在缓缓的山坡上，远处是巍峨的高山，更远是朦胧的山峰和白色的云。在连绵绿色中，一柱裸露的山峰尤为抢眼，很像竖起的大拇指，昂首耸立。山峰通体都是硬朗的青色或明黄色花岗岩，底部被植物覆盖，顶部仅有少量灌木。在早晨阳光的照射下，闪烁着坚毅光芒。

恩施原本与湘西交界，这里的山跟张家界有几分相似，但多了几分厚重与神秘。漫山遍野的灌木、松树，遮蔽了所有的岩石、土地。据说本地森林覆盖率达90%，武汉、重庆等附近城市旅客大量涌入，呼吸新鲜空气。大峡谷是旅行重点。沿着石阶，大人带着孩子往上爬。孩子们纷纷跑到前面，大人们反而有些吃力。爬上第一座山，衣服全湿透。放眼望去，山峦起伏，层层叠叠，错落有致。近处的松柏，稍远些的山峰、房屋，天际处的黛色山脉，像一幅传统国画。

一片乌云飘过，突然刮起大风。游客们躲进亭子。山上天气说变就变。一刮风，气温骤降，之前还在擦汗，现在却瑟瑟发抖。走了不远，雨势加大。前面正好是一家小吃店。几十人挤在屋檐下。雨却没有歇的意思。小吃店老板——一位脸庞黝黑发亮、长着络腮胡的老头告诉我们，山上的雨一下就是整天，甚至连续六七天都不停。上山容易，下山难。无论如何，等等再说吧。小吃店出售煎土豆、烤苞谷等。我们吃了三份土豆、四根苞谷，跟老头聊了近一个小时，接近无话可说，雨才小一点。换上一次性雨衣，继续往前走。从第一座山下来，经过一段绝壁栈道。站在栏杆旁边，前面就是一柱山峰，拔地而起，像一支巨型毛笔。据说一位法国人曾徒手爬到顶峰。我却觉得头晕腿软，靠近山石这边，稍觉心安。

看这些高山茂林，常常让人生出归隐之心。住在这高山之巅，看白云悠悠、沧海桑田，不问世事烦扰，不愁房贷和孩子教育，岂非快意人生。美国人比尔·波特在《空谷幽兰》中，讲述他寻找中国现代隐士的经历。这些人无一例外选择深山茅棚作为他们隐身之地。他们独自住在山上，整日念经坐禅、与世隔绝，除非买油买盐，不轻易下山。深山，能够满足人最基本的生活需求。

恩施有许多高山，却少有寺庙，也许与本地土家风俗有关。此地施行土司制上百年之久，盛行东南亚的佛教也被拒于门外。有这样一个地方也好，泰山、华山、武当山这些名山建了太多寺庙，岩壁上题了太多字，反而破坏了自然本身的美感。恩施，这个地方却拥有上天最丰厚的恩赐与施舍。这些巍峨高山，甚至没有一个响亮的名字。几千年来，它们一直这样默默存在着。这种长久的存在，本身成了一种力量、一种姿态。

身体在路上

纯粹的游山玩水，或者观光旅游，对我并没有太大吸引力。我更愿意深入一个陌生的地方，或者与当地朋友一起了解这里的风土人情，发现一些新的事物和习俗。人与人、人与自然、人与神灵，在长期发展中形成的关系，会给人带来许多惊喜。尤其是这一切与你的常识、与你的生活经验迥异时，旅行就有了乐趣。

恩施名气还不够大，游客以附近城市的居民居多。再美好的景点，也会毁在人山人海的拥挤之中。几年之前，我带着朋友去拙政园的场景还历历在目。一个小巧精致的江南园林，同时涌入上千人，人看人、人挤人，甚至能闻到彼此身上汗味，所有的诗情画意都消失了。恩施南方有张家界，北面有神龙架、武当山，东边有宜昌三峡，往西还有重庆、武隆，外地人更愿意去这些地方。

有些风景也不值得留恋。腾龙洞号称全世界体积最大的洞穴。它的洞口以及洞前的瀑布足够壮观，内在却空洞无力、大而无当。一场洞内歌舞表演开始前，竟然播放一段长达十分钟的茶叶广告，广告词的水平跟“挥泪甩卖”的路边摊差不多，表演也极其拙劣。音响效果接近撕心裂肺，大红大紫的艳俗灯光，活脱脱像一场山寨版春晚。可惜了土家人的祖先传说，竟以这种方式呈现在游客面前。

台湾画家、作家蒋勋倡导“生活美学”，让人们学会发现和感受生活中的美。感受“美”是一种能力，需要足够的修养和知识。譬如说，有一天到欧洲去看那些遗址、教堂、壁画、故居，如果不了解欧洲的历史文化，这一切看上去并没什么感觉。蒋勋写到，有一年他在荷兰梵高纪念馆看到《向日葵》真迹。虽然之前在网上、画册上看过无数次，但真正看到那厚重粗犷、浮雕般的画作时，仍然有一种难以抑制的冲动，似乎能理解梵高强烈而炽热的生命。

旅行也是一种生活方式。新井一二三写过《独立，从一个人旅行开始》，讲述她独自到全世界旅行的故事。中国人太辛苦，许多人一辈子兢兢业业，直至退休，生活苟且而无趣。这些年旅行变成潮流，但成群结队的居多。西方年轻人有“间隔年”一说。大学毕业进入社会前，先去世界各地晃荡一年，算是生命中的停、顿。有时候停下来，也许是为了顿悟，发现内心深处真正的欲求。

从恩施离开后，我们去了大名鼎鼎的武当山。尽管高温酷暑，依然挡不住人们求道许愿的热情。我们也是奉母亲之命，上山还愿的。就风景而言，武当山其实比不上恩施的高山峡谷。但武当山上的千年道观、深厚的道教文化，还有“有求必应”的真武大帝，对普通民众（包括权势之人）更有吸引力。母亲准备了红色绸缎、香裱，再三嘱咐。爬到金顶，我们往功德箱里投了两百元钱，将绸缎交给道士，又买了铜质长命锁，刻上名字挂在铁链上。算是完成母亲的心愿。

下了金顶，走进紫霄宫，站在空旷殿堂之间，突然听见一阵苍凉箫声。远处红墙绿瓦的道观旁，一位青衣道士正在吹箫，听起来像是《阳关三叠》。寂静中，钟声、鸟鸣、念经声响起，仿佛与箫声伴奏，眼前景色也变得肃穆。曲罢，我沿着青色石阶，快步上前，跟道士交流一番。他告诉我，这些箫笛是道友制作的。我多年前曾买过一把F调洞箫，许多曲子吹不出来，这次特意挑选G调。吹了一曲，感觉音色不错，也很容易上手，便买下收藏。道士笑盈盈地收钱，赶去上晚课。这把紫竹箫，将跟随着我下山、乘动车、地铁，千里迢迢回到南京。

浪子回头

在我乘坐的动车到达前两天，阿勇从苏州出发，行驶一千两百多公里路——途中还在野三关住了一晚——特意赶到车站接我。接下来几天，阿勇开着这辆车，陪我们逛遍了恩施的风景区。他的左眼眶有一处明显刀疤，头发凌乱，胡子拉碴，面色黝黑，看起来有些瘆人。脸上却始终挂着平和的笑容，脾气极好。他乐于做一个司机和导游，介绍沿途风景、人情，把我们安全送达目的地，以及每次抢在我之前买单。

恩施山路居多，一些坡道极陡，常有急转弯。阿勇开车很平稳，极少踩刹车或猛加油门，从不抱怨。坐在他的车上，好像坐动车一般，几乎能在上面看书、喝茶。到苏州之前，他曾经在这一带做了十几年客车司机，将无数恩施人送到武汉、上海。几天后，我在武当山乘坐旅游大巴时，司机在盘山路上急行急停，车上人苦不堪言，才领会到阿勇开车之妙。

这样的一个好人，如果不是亲口讲述，谁相信他曾是邬阳镇上的“小霸王”？邬阳地处鹤峰、建始、巴东三县交界，又称邬阳关。偏远山区，自古民风彪悍。清朝时就有英勇将领陈林升浴血抗击英军，“节马”传说流传至今。近代陈宗瑜带领的“邬阳关神兵”名震一时。阿勇生活在这种环境里，从小养成勇猛好斗的性格。二十五岁之前，他在当地做生意，混得风生水起。二十世纪九十年代中期，他花二十几万买了大客车，做长途客运生意，更是开风气之先。

客车出事后，家里赔进去许多钱，阿勇治病耽误了不少时间，家道由此中落。身体恢复之后，他彻底离开邬阳关，去苏州一家单位上班。异地他乡，又是底层驾驶员，常被人呼来唤去。偶尔他忍不住想教训别人，最后还是忍住了。他在单位待了八年，从不迟到早退，老婆生孩子那天还在外地，脾气被磨得干干净净。直到有一天，当所有人觉得他不会离开时，他主动辞职了。

他回到鹤峰，注册公司。十几年过去，物是人非。他的商业计划很宏大，准备将恩施特产拉到上海、苏州，再将河鲜、海鲜运回本地。他贷款买了一辆冷链车。最初没有生意，车子闲着也可惜，就帮人去拉货。夏天四十几摄氏度的高温，没有空调，甚至没时间吃饭，还经常熬夜开车。这些苦，他都忍了。他跟表弟一起去送货。联络人一时疏忽，让他们多跑了六十公里。到了之后，对方毫无愧疚之心，还指使他们把货物来来回回地搬。阿勇忍不住顶了一句，联络人毫不客气地骂起来。表弟拎着铁棍就要上去，他赶紧拦下来。他告诫表弟，在外做生意和气生财，发发牢骚还行，不可以动手。

旅行的最后一晚，在恩施城里一家饭店吃饭。身边全是喝摔碗酒的人。菜都上了，碎片不时飞过来，弹到腿上，阿勇觉得不安全。他找来老板娘，说伤到孩子怎么办。老板娘一脸倨傲，说摔碗酒是本店特色，客人的行为管不了，孩子自己要照顾好，真的伤到也没办法。阿勇怒气涌上来，遽然起身，手上青筋凸起，一言不发，乌黑的眼珠闪着寒光。老板娘被他的眼神吓住了，口气突然软了下来，说不想吃就走吧，不要紧的。那一瞬间，我仿佛看到了十几年前的他。

阿勇年轻时跟别人打架，或者帮别人打架，从来都冲在最前面，那些年也受过不少伤。他说，邬阳人不怕死，要是躲在后面、虚张声势，倒会被别人笑死。

第四辑

吃喝缥缈录

在我们把喝酒当作一种应酬，越喝越文雅或者越喝越流氓的今天，这种饮酒酬唱简直有魏晋之风，散淡妩媚，却情深意浓。

吃遍水西门

鼓楼这一带的餐厅大多在曲径通幽处，有点“酒香不怕巷子深”的意思。特别是酒吧、日料、韩餐，招牌也比较写意。稍不注意，就会与之擦肩而过。深究起来，恐怕还是建筑问题。房屋既老旧，又无法拆迁，只好修修补补，想方设法利用起来。跟鼓楼的遮遮掩掩相比，水西门这边的饭馆简直肆无忌惮。

依托庞大的菜场和杂乱的环境，衍生出千姿百态的餐馆。菜场是餐馆的靠山。有了菜场，餐馆就有了底气——材料新鲜，价格便宜，种类齐全。现切的鱼头，血淋淋地拎回来，转眼做成奶白色的鱼头汤。牛、羊、猪、鸡、鸭、鸽子、黄鱼、带鱼、花蛤、牡蛎、螃蟹、三文鱼，南北干货，三六九等，应有尽有。环境必须杂乱，门面房租金就不会太高。有些干脆摆在路边，省却房租这一负担。有了人气，餐饮便蓬勃起来。

单说文体路。其实“文体”二字名不副实，这条路跟文艺和体育毫无牵连，改成美食街或吃货路，或许更为贴切。从莫愁湖公园到应天大街高架，由北至南绵延约两公里，两侧皆是各种餐馆。早餐就有汤包、锅贴、面条、米粉、煎饼、油条、稀饭、辣汤等等。面条品类繁杂：南京皮肚面、镇江锅盖面、宝应长鱼面、苏州三虾面、昆山奥灶面、重庆小面、兰州拉面。中餐、晚餐种类更不胜枚举了。从地域上看，省内的菜系以徐宿、淮扬、苏州等地为主，地锅鸡、羊肉汤、大煮干丝、松鼠鳜鱼，不一而足；放眼全国就更加丰富，西边的远至新疆烧烤、兰州拉面，北方的大连海鲜、东北炖菜、北京烤鸭，东边的沙县小吃、闽忠馄饨、上海本帮菜，南方的贵州菜、云南菜、广东菜，还有中部的老长沙湘菜、湖北土菜、江西瓦罐汤。跨出国门，还有泰国菜、日本料理、韩国烧烤、印度菜。南京人口味之庞杂，由此可见。本地出产的，却只有盐水鸭、鸭血粉丝汤、回卤干、牛肉锅贴、活珠子、梅花糕、猪头肉等小吃。所谓的金陵菜、南京菜，似乎寥寥无几。

得了骑车之便利，我常到文体路一饱口福。开车到此地是一件不合时宜的事，动辄堵在路中央，动弹不得。至于车位，更要随缘，强求不得。这家面馆是个例外，门口有空地，能停三五辆车，生意尤为红火。从河边走进去，是一条狭长的走道。走道两侧均摆放着桌椅。里面是宽敞的厨房，十几个妇女终日忙碌着，准备各种浇头。面馆生意红火的秘诀在于丰富的浇头：皮肚、大肠、猪腰、猪肝、猪手、熏鱼、小排、大肉、鸡杂、鸡翅、肉丝……都是实打实的，鸡翅就是鸡翅，前中后包圆儿，毫

不含糊。两个人只需一碗，分着吃就够了。有次吃着面，听见背后有人想拜师学艺。一位老头说：“学是可以，但是要下功夫，好多人想学手艺，学到半路就跑了。干这行太辛苦，早上四点就要起床，分门别类地准备，没有一样可以偷懒。面馆开了十几年，靠的就是货真价实……”

离面馆不远，有一家米粉店。从早到晚，吃客也是络绎不绝。每隔几天，一位身材敦实、脸色黝黑的中年男子就在门口架上大锅，烧上柴火，大张旗鼓地熬制牛肉。柴火噼啪作响，空气中飘荡着花椒的辣味。米粉烫熟捞出来，上面浇上红艳艳的牛肉粒，顿时活色生香。老板腌制了萝卜、白菜、甘蓝、蒜瓣等泡菜，吃起来清甜爽口。米粉店好吃的关键仍在米粉。美食家陈晓卿有诗为证：美好的米粉像少女的胸/但在北京/你只能吃到硅胶。这家店的原料从哪里来的，我不知道。我有意询问过那位中年人，他闪烁其词，不愿透露他的“商业秘密”。

我有一个野心，把文体路的每家餐馆都吃一遍。但仔细想想，这一想法也不切实际。这一带至少有四百家饭店，如果每年去二十家的话（不能保证每周有时间），近二十年才能吃完，而且，老的餐馆关掉，新的饭店又开张，永永远远也吃不完。也许，吃不完、吃不尽，正是水西门魅力所在。

腊肉飘香

老武大往西两公里左右，国防科工委大院里，是卓老师的住处。卓老师是湖南常德人，跟我是广义上的老乡。第一次到卓老师家里就吃到了正宗的湖南腊肉，香味扑鼻。卓老师的厨房里挂着一条粗壮的腊猪腿，被柴火熏得黑乎乎的，不时有亮晶晶的油滴下来。后来经常去帮卓老师修电脑，每次都被他留下来吃腊肉。卓老师说，只有湖南老乡来了才做腊肉吃，外省人是不懂得腊肉的好处的。因为他的电脑隔三岔五地坏，我在武大的日子过得很滋润。

卓老师的腊肉是从乡下老家带过来的。每到农历的冬至前后，乡下就开始制作腊肉了。喂了一年的猪白白胖胖。杀猪师傅这个季节很吃香，我家隔壁的小艳是杀猪的好手。小艳虽然名字很婉约，却是“纯爷们”，是个大块头，能将两百斤的猪扛到集市上。他的杀猪场就在我睡觉的屋子边上，我经常在半夜里被猪的惨叫声吵醒，以至于后来我对杀猪也十分淡定。杀猪不难，难的是给猪剃毛。剃毛之前，有一道工序很关键，就是给猪吹气。小艳的肺活量很惊人，只见他猛吸一口气，满脸涨得通红，俯下身子，往猪后腿一个小洞吹进去。猪身慢慢膨胀起来。等猪身鼓鼓囊囊时，小艳拿起刀子，“唰唰”地飞快剃毛。

猪身上最适合做腊肉的是带肋骨的肉条，用刀分成一条一条的，用粽叶穿起来挂在烧柴火的灶上，用烟火慢慢熏干。不做饭的时候，用祖父做木工时留下的木屑，放在炉子里点燃，上面还放些橘皮，燃烧产生的烟带着橘皮的香味，在老屋里飘荡。我坐在灶前，一边往里面加柴火，一边被腊肉馋得咽口水。晚上，祖母取下腊肉，用温水泡一会儿，用毛刷子刷干净。或蒸，或炒，做好的腊肉呈深褐色或火红色，散发出熏肉的特殊香味。吃腊肉的时候，饭总是不够吃的。一大锅饭，到最后只听见饭勺碰到锅底的声音。

姐姐从师范毕业后，在县城安了家。县城里的家虽然方便、干净，却没有地方熏腊肉。每到年底，姐姐总要嘱咐母亲烘上几十斤腊肉，到了快过年时再运到城里。但在广东干活的伯父就没有口福了。伯父在家里时，每年要熏两百多斤腊肉。我每次到他家里去，几乎都看见他一边喝米酒，一边吃腊肉，满嘴油乎乎的。“三毛头，你也来吃一块。”伯父笑嘻嘻对我说。伯父在广东干了一年多，还是回来了。我觉得他是被腊肉引诱回来的，尽管他不承认。

家里的腊肉也不是能放开吃的，还要留着给亲戚拜年用。祖母的兄弟姊妹众多，每次我跟着祖母去给山里的舅爷们拜年时，父亲都要挑着一筐沉沉的腊肉，走十几里山路。舅爷给我们拜年时，也是带着一筐腊肉。腊肉被送来送去的，后来发现，送出去的转了一圈又回来了。舅爷虽然住在山里面，却是个有革新思维的人。他在酒桌上提议，让做木匠的祖父仿造腊肉的样子，用木头刻一个模子，提来提去方便，也不会变质。木头模子没有刻成。但是慢慢地，腊肉换成了白糖、饼干、苹果，后来拜年时干脆就直接给红包。

红包虽然省事，但正宗的腊肉却不是钱能随便买到的。山里的亲戚到了广东去挣钱，挣了钱后就往山下搬，山下的有钱了就往县城搬。真正用松树枝和木屑熏出来的乡下腊肉已经很少见了，农村里也开始用煤气了。腊肉也像过去经常吃的粗粮一样，以前稀松平常，现在却很稀罕。卓老师的喉咙动过手术后，已经几年没有回老家。也不知道厨房里还有没有挂着腊猪腿，前几年的早该吃完了吧。

浓浓藕汤

带着长途跋涉后的疲惫，我走进老屋的楼道。一股熟悉的香味扑鼻而来。火红的煤炉上，瓦罐里的藕汤“咕嘟咕嘟”冒着雾气，整个楼道弥漫着浓浓的年味。我深深地吸了口气，心里满足又快活地想：终于回家了。

家乡多湖泊，因此产藕。藕有很多种做法，譬如藕夹、藕片、藕丸、藕粉、卤藕，蒸、炸、炒、煮、卤无一不可。最受欢迎的莫过于藕汤。用筒子骨、猪蹄或腊鸭炖出来的藕汤，是每家每户待客的必备佳肴。冬季上市的老藕是做汤的好材料。长时间用文火炖煮，藕吸收了肉和汤的味道，变得脆中带粉。一碗上好的藕汤，既有骨头的肉香，又有莲藕的清甜。咬一小块粉粉的藕，嘴角还留着几根细细的藕丝，再喝一口滚烫的浓汤，顿时滋润了五脏六腑。

莲藕长在乡间，自然有一种乡野之气。如果要把莲藕比作人的话，用“村姑”来形容是再合适不过了。菜场里没有洗过的藕浑身泥污，买回家洗净后，立即变得洁白细嫩，散发出一种不加修饰的自然之美。母亲每次煮藕都会提前准备，一大早就放到煤炉上的瓦罐里慢炖。还在睡懒觉的我，隐隐能闻到藕汤的香味，肚中迫切不已。紧赶着爬起来，却被告知要到晚上才能吃。于是一整天都挂念着，读书都没有心思。下了课，自行车踩得飞快，径直赶回家中。炖了一天后，屋里的藕香更加浓厚。母亲笑盈盈地给我盛上一碗汤，悬着的心总算是安定下来。

喝藕汤的次数多了，感觉自然模糊许多。但童年时在外公家里喝藕汤的记忆却深刻得很。外公住在山里，每到除夕，十几口人挤在屋里，好不热闹。煮汤的瓦罐用粗绳吊在灶上，柴火发出红黄色的火苗。我们围坐在灶火边上，每人端着一个空碗，望着瓦罐。瓦罐里溢出浓浓香味，我咽着口水，肚子咕咕作响。外公拿着长长的木勺，将藕汤一碗一碗分给我们。认真，仔细，恐怕亏待了某个人。我很快喝完了一碗，一边低着头舔着碗，一边用眼神瞟着瓦罐。瓦罐里只剩下一根长长的猪腿骨了。或许正是因为差一点，才格外觉得好吃、难忘。

光是喝藕汤总觉不过瘾，好奇心驱使着我去藕塘一探究竟。夏日的藕塘荷叶连连，绿意无边。青蛙在荷叶上停留，不时发出“呱呱”声。水珠在荷叶中间滚来滚去，含苞待放的莲蓬亭亭玉立。曾经设想很多次，以我的体重，偌大的荷叶应该可以承受得住，如果快速奔跑过去，或许能练就“水上漂”的神功。功夫终究没有练成，荷叶倒被我采了不少。倒扣在头上，是夏日遮阳的好器具。藕塘的主人却不这样认为。荷叶被摘掉后，雨水流进空心荷杆，下面的莲藕会被泡烂。因此，采荷叶的行为要隐蔽才行。万一被发现，必须腿脚利索，一路狂奔。

到了苏州以后，就很少能喝到正宗的藕汤了。一地各有一地的风俗。江浙一带习惯吃脆藕、新藕，有“新采莲藕胜太医”的说法。要么就染了吴地的香糯滋味，如金丝糖藕、桂花糯米藕，虽然精致，却难合我这个“外地人”的胃口。我们在苏州也曾尝试做藕汤，但味道相差甚远，煮了很久还很生硬。或许只有家乡的食材，才能做出家乡的味道吧。

猪油和辣子

有一年春节，我在湖南老家跟家人吃饭时，看见一盘以前从没吃过的菜，有点像苏州的春卷。我没顾得上问清楚，就夹了一块送进嘴里。没想到，竟然咬出满口的猪油，浓厚的肥腻感令我难以下咽。原来这是猪身上的板油，也就是猪腹部皮和肉之间的东西。

湖南人对于猪油似乎有特别的爱好。在我还小的时候，腊月间每家每户都要杀猪过年，猪肉用来熏腊肉，板油和肥肉则用来炼油。把肥肉扔进烧红的大铁锅里，用铁铲反复按压，铁锅上方冒着烟，屋子里飘出一阵猪油香。后来，我在苏州过年时，不甚热闹的氛围常常使我回味起榨猪油时的香味。榨出的油倒进铁盆子里，冷却后就变成了膏状。每次炒菜的时候，妈妈用勺子在上面薄薄地刮一层，在锅里化开。从腊月到深秋，这一盆子猪油就是我们全家大半年的荤腥。

苏州观前街的黄天源、乾生元、采芝斋里都有猪油糕出售。开始听到这个名字时，我不由自主地想起那一大锅猪油，觉得肯定很油腻，从来也没有尝过。后来朋友送了我一盒糕，吃过以后才觉得有些名不副实。清明前后，苏州人喜欢吃青团子，青绿色的，很好看。正宗的正仪青团子，里面也包着有猪油的，在浆麦草的清香映衬下，猪油只能算是一个配角，味道已经很淡了。不过，苏州人似乎觉得，加了猪油的青团子香味很独特，大概是平时难得吃到猪油的缘故。

除了猪油，湖南菜中必不可少的就是辣椒。在我印象中，似乎没有什么菜不放辣椒的。冬季的时候，家里开始腌制辣椒。用铡刀将辣椒铡碎，撒上食盐，放进瓦罐里密封起来。跟苏州菜中的红烧猪蹄不同，湖南人喜欢吃蒸猪蹄，碗底放了猪油，上面撒上剁辣椒、霉豆子，蒸出来有一种特别的香味。剁椒鱼头就不用说了。炒青菜也放辣椒，这是很多苏州人不能理解的。苏州菜中，常见的马兰头、香椿芽、莼菜、金花菜、莲藕等，都是极为清淡的。不要说辣椒，就连放油都是极少的。

刚到苏州时，我在一个变电站里值班，烧饭的阿姨是本地人。没事的时候我到厨房去转转，看到里面空空荡荡的，只有盐、油、料酒等寥寥无几的调味品。我很纳闷地问她，怎么姜、蒜、辣子、味精、鸡精都没有啊。阿姨的意思是，苏州菜比较清淡，尽量不要放调料。我在变电站里，生平第一次吃到了毛豆汤，绿油油的，碗底一层毛豆，味道着实清淡，清淡得没滋没味。阿姨最喜欢做红烧肉，一大块肥瘦相间还带皮的五花肉，用料酒、酱油、糖烧出来，看上去是不错，但还是吃不大习惯。

同样，阿姨对湖南菜也心存疑惑。她对我说，住在她家里的湖南租客每次炒菜都要放猪油，说植物油太淡没味道。阿姨很真诚地问我："他们不怕吃出脂肪肝、高血脂、高血压吗？"

童年时期养成的口味习惯是很难改变的。有一位湖南老乡，妻子是苏州人，两人口味不同，在一起生活，怎么办呢？他说很简单，每次炒菜的时候，先盛出半碗，然后放辣椒，烧好后再盛出另外半碗。麻烦是麻烦了点，在这个问题上，是很难迁就对方的。苏州的湘菜馆有点迁就的意思，有一次我点菜的时候，服务员竟然问吃不吃辣。这就像深秋季节去巴城，人家问你要不要吃螃蟹。

平心而论，正宗苏州菜是不错的，四季时蔬，色味俱全，菜相漂亮，清淡中能吃出食物本身的滋味。而且，苏州菜在苏州文人的描述中，越来越精致、文雅，已经成为苏州的名片和艺术了。湖南菜，大多是"祖国山河一片红"，吃到最后剩下的都是红艳艳的辣子。湖南人骨子里还是要吃辣的。

年味

农历的年底越近，街上越发安静。汽车明显少了许多，行人也没有几个。公交车站有人拖着大包小包，满脸归家的急切。前几日还热火朝天的工地，现在也停下来了。一座尚未完工的建筑耸立着，高大吊车立在旁边，如同一棵冬天的大树。

“今天只花了二十分钟不到，比以往少用了五分钟。”通勤车司机老丁回过头来，冲我笑了笑，一团白雾从嘴里呼出，在车里渐渐弥漫开来。老丁跟我同年到苏州，我每天坐车上下班，彼此便活络起来。他到我家做客时，我的岳母，也是老丁的湖北老乡，准备了丰盛的晚餐。木耳炒卤牛肉、酸萝卜炒粉条、莲藕排骨汤、菠菜豆油皮、蒸香肠……更难得的是，除了青菜，其他都是从湖北带过来的原料。岳父岳母从老家过来时，除了简单的衣物，满包满

箱带的都是食物，甚至把老家的土鸡蛋也带过来了——用裁剪好的纸条铺满纸箱子，一路用手提过来。

吃着家乡的饭菜，老丁就喝高了,脸颊微微发红，一副诚恳热烈的表情。平时寡言少语的他，话也多了起来：“我在老家买了一头猪，整整一头猪。”老丁嘴角上扬，露出略显神秘的微笑。老丁也是新苏州人了，他和妹妹都在这边成家，把年近花甲的父母接过来带孩子。两位老人在镇上生活了大半辈子，走在街上都是熟悉面孔，还置办了一些产业，谈不上富裕，却也不为基本生计挣扎，生活充实而体面。到了苏州后，生活空间局限于老丁和他妹妹的家，语言不通，气候不合，出门除了超市就是公园，老人们总觉得不自在、不舒心。

“最重要的是吃，没有老家的东西，做不出老家的味道。”老丁轻轻叹了口气。纪录片《舌尖上的中国》花了很多力气，其实也就说明一个道理：食材决定菜肴的滋味。老丁说得没错，苏州虽有“天堂”美名，却不一定寻得到湖北的味道。比如说莲藕，湖北人最喜熬藕汤，用小煤炉炖大半天，把藕煮酥了，一咬下去，妙不可言。但苏州的藕一般比较脆，适合做凉菜或炒着吃，很难炖烂的。所以老丁从老家买了一头猪，让亲戚熏制成美味的腊肉，再寄过来，聊作慰藉。

快过年了，老丁跟我一样，有些茫然。如果回到久违的家乡，跟亲人朋友觥筹交错，“享受”震耳欲聋的爆竹声，看着人们兴高采烈地舞狮、唱戏，体会小城镇热闹的年味，当然是不错的。但父母都在这边，带着一家老小回去，还要费劲抢火车票，几天后又要匆忙赶回来。留在这里免去来回奔波，却要面对冷清寂寞。我端起酒杯，和老丁响亮地碰了一下：“至少我们还可以一起喝喝酒，热闹一下。”

在我的记忆中，过年跟吃是一个概念。进入腊月，祖母和母亲就忙碌起来了，做熏肉，腌咸菜，酿豆腐，买糖果，埋甘蔗。到了除夕那天，更是早早起床，先把藕汤或猪蹄熬上，杀鸡杀鸭，剖鱼宰羊，洗菜蒸肉，柴火烧得旺旺的，整个屋子，甚至整个村庄都是过年的味道。刚放过鞭炮，我偷偷抓起一个鸭腿啃了起来。祖父和父亲跪在神龛下，虔诚地点燃香烛，燃起纸钱。祭祀过后，一年中最重要的晚餐就开始了，大人们忙碌了一整年似乎就为了过年这顿饭。年味就是家乡的味道。当我们远离故乡，在苏州安家落户，也将心中的年味带到了这里。

老丁回去时已经很晚了，路上偶有汽车开过，夜晚寂静而平和。月亮挂在树梢，透过树枝散落一层银色的光辉，月就要圆了。

食肉记

十二岁那年，我考上了镇里的初中。学校离家大约三公里，地处村子西南侧。一条人工水渠从学校北侧蜿蜒流过，校舍建筑大多年久失修。父母忙于工作和家务，一上初中就让我寄宿。从那天起，我结束了十几年的放养生活——之前许多年，我一直在村里的学校，跟小伙伴们终日游荡——有了新的生活圈子。

学校宿舍是老式的冲墙瓦房，一种有黏性的黄泥冲压而成的房屋。两个人挤一张床，一间不大的屋子要住十几个人。这样拥挤的宿舍自然没有厕所，冬天晚上想方便，要冒着寒风走上好几百米。食堂定时提供热水，洗热水澡也很奢侈。一周六天半的课，每晚十点熄灯睡觉。无论寒暑，早上都要起来晨跑一千米。

这些简陋的条件和严格的管制并非难以忍受。实际上，那时家中的条件不见得比学校好多少。最困扰我们的是无比粗粝的伙食。正处于生长发育的年龄，常常面临吃不饱的痛苦。这件事也不怪学校，每人每天三元的伙食，无论如何都没有办法让学生吃好。学生自己带了大米过来，学校买的也是最便宜的菜。

早上通常是煮黄豆，中午炒白菜、蒸南瓜、炸馓子。馓子大约长久放在发电机房，散发出一股浓重的机油味。晚上有一顿荤的，菜的分量却少得可怜。八人围成一桌，每人一碗白米饭，中间一盘菜，上面覆盖着一层薄薄的肉。菜端上来，一个个面黄肌瘦、发育不良的少年，死死地盯着那些肉，生怕它们长腿跑掉。

我们尝试过各种分菜方法，甚至见过许多同学为此打架。最终大家一致认定，轮流值日还是最公平的。值班分菜的人私心难免，但轮下来谁也不吃亏。这几块肉（三到五小块吧）的能量毕竟有限，难以弥补白天体力上的消耗。每到晚上熄灯之时，肚子开始一阵一阵叫唤，胃里泛起一阵酸水。舍友们躺在床上绘声绘色地讲述家里的美食，聊以“画饼充饥”。每晚在这样的煎熬中昏昏睡去。

为了填饱这该死的肚子，小伙伴们想尽了各种办法。条件好的同学从家里带来腌好的肉，每次吃饭时舀出一点放到饭盒里，一脸神气的模样。有的同学自力更生，下了课去学校周边抓田鸡、掏泥鳅，去河里捞鱼、摸河蚌，再生火烤着吃。好多同学——包括我在内——曾从家里偷过大米，去米粉厂换新鲜出炉的粑粑。

相比于后来的那次“壮举”，上面说到的这些事情都不值一提。那天晚上，宿舍又毫无悬念地说起吃的事情。一位脑袋颇为灵光的黄同学说：“食堂里的肉都是用大桶装的，你们没见过，大师傅用勺子舀着吃，想吃多少就吃多少。”难怪大师傅油光水滑的，原来是偷吃了本该分给我们的肉，大家说起来都很愤怒。黄同学立即提议：“我们何不干脆去食堂弄点吃，这本来就是属于我们的东西。”

我们提前踩了点，摸清大师傅们的行踪，选择恰当的时间，并且一一分了工。我身材瘦小，行动灵活，负责在窗外“接货”。那天下午，我望着屋内热气腾腾的大肉桶，闻着一阵阵香味，不停地往下咽口水。黄同学揣着一只大碗，从窗户爬进食堂。他见四周无人，迅速掏出大碗，狠狠舀了一碗，从窗户递给我。我用衣服遮挡着，极力掩饰内心激动，一路小跑回到宿舍。宿舍已经有人摆好碗筷。

黄同学一回来，大家开始“分赃”。这次没有一块一块分，而是直接用筷子扒拉，看上去分量大致差不多。分好后，大家互相看了一眼，露出默契的笑容。没有多说一句话，就埋下头去细细品尝。那种深入骨髓的肉香，那种无以言说的幸福，那种惊心动魄的感受，全部凝聚在这一小碗肉里。每一个人把自己碗里的肉和汁吃得一干二净，仿佛下意识地想消除一切痕迹。

我和我的舍友们忐忑许久，直至毕业也没有人提起此事。这件精心谋划的事情，就这样悄无声息淹没在岁月中。许多年过去了，我品尝过许多地方的美食，吃过各个季节的时鲜，再没有一种食物能留下这种刻骨铭心的感觉。少年时代如影随形的饥饿早已远去，许多事物都在变化，曾经以为的幸福也是如此。

留园吃茶

“走，我带你去看一块石头。”穿过人潮汹涌的游客，W带着我来到池塘角落。“看看这块石头有什么特别的！”他带着神秘微笑，眼神调皮地望着我，“你看水里是不是有一轮月亮，光线把石头上的洞映在水里，这就是映月石。”

六月初的一个下午，天气虽然谈不上宜人，但也不太炎热，缺少的只是一场小雨而已。应W之约，从昆山出发，沿着312国道上东环高架，下了北环，从桐泾路转留园路，一个小时就到了。W和几位苏州朋友如约而至。进入留园，W带着我们穿过迂回曲折的走廊，爬上假山石径，穿过池塘树林，沿着极陡的木梯，在冠云亭二楼的茶座坐下来。W对此地极为熟悉，好像是他在散文中多次深情撰写的老宅子。刚刚坐下，W把带来的荔枝、枇杷取出来，荔枝还是从冰箱刚取出来时的温度，枇杷也留有清水洗过的痕迹。

在苏州也将近五年了，园林却去得极少。叶圣陶的《苏州园林》一文使我留下了对园林的最初印象。第一次到苏州时，也曾经拿着地图寻找“苏州园林”。几年间，去过的园林只有拙政园、狮子林。W特意安排在留园，邀请几个苏州人一起吃茶。泡上几壶龙井或碧螺春，摆放一些小的吃食，眼前是高耸的冠云峰和绿树，耳边传来吴侬软语，吃茶的氛围就出来了。除了我这个湖南人，在座四人都是苏州人。谈及苏州人和湖南人的区别，苏州人的崇文融合和湖南人的霸蛮斗狠，正好形成了鲜明对比。苏州人喜欢吃茶，湖南人爱好饮酒。不同的性格跟地理气候有莫大的关系。苏州的富足丰饶成就了苏州人的温文尔雅和精致内敛，湖南的贫瘠丘陵则孕育了彪悍的民风。不过湖南人沈从文与苏州才女张兆和的结合，堪称两者融合的典范。

吃茶吃到一半，朋友们让我去留园走走，W自然是最好的导游。从冠云亭出来，带领我去看那些平时不注意的景色。先来到鸳鸯厅，南北对称的两个客厅，大体布局一样，细微处却有区别，如梁上的柱子、地下的金砖。东南角的古木交柯、花步小筑精巧雅致，是苏州园林细节处理的经典小品。站在可亭上，远望“恰杭”和涵碧山房，如同一艘即将起航的航船。W说侧看冠云峰是观音送子，或是我悟性不够，有些懵懵懂懂。翠竹间的干霄峰挺拔秀丽，让我想起张家界的奇峰秀石。瑞云峰已经搬至苏州十中，若不是W的揭秘，我也要被蹩脚导游忽悠。W对于留园有自己的理解，中部山水象征憧憬，东部庭院石林象征成就，北部菜园象征惬意，西部原野象征归隐，可谓“人生阴晴留园住”。偌大留园，先后住过徐泰时、刘恕、盛康等园主，如今烟消云散，只有这山山水水依然动人。

回昆山的时候，刚上北环高架，却走错了路。走到广济路，无意中又回到留园路。法国梧桐荫映下，静谧的留园仿佛文静、美丽的苏州女子，轻轻地挥着手对我说，留下来，再吃壶茶吧。我想起了周作人的一段话："喝茶当于瓦屋纸窗之下，清泉绿茶，用素雅的陶瓷茶具，同二三人共饮，得半日之闲，可抵十年的尘梦。"傍晚凉爽的风吹进车里，抚摸着我的脸和头发，茶香依然留在唇齿间。

吃喝有诗意

除了风景，旅行中最要紧的是吃。刚到恩施的第一顿饭，选择水库旁的农家乐。进农家乐通常只点一个主菜，其他的老板随意搭配。晚餐主菜是丁桂鱼干锅。鱼肉切块油焖后，再点火加热，吃上去酸甜清爽，像是加了柠檬。阿勇告诉我，这是山胡椒的味道。山胡椒是恩施特产，除了“麻”以外，还有独特清凉味。恩施处于湘、鄂、渝三省交界处，饮食口味既有湘菜香辣，又有川菜麻辣。

早点虽然简单，却最能体现一个地方的特色风俗、土地物产。恩施早点一般是各式面点、豆皮、苕粉。这里的豆皮是绿豆、土豆、玉米等磨粉再和面制成的，口味腻滑清香。恩施出产的高山土豆，跟我在其他地方所吃的土豆味道完全两样。当地人尤其喜欢吃土豆。做饭要加土豆片（又称“洋芋饭”），熬汤要添土豆块，各种炒菜也经常将土豆作为配菜。早点或街边小吃中就有煎炸土豆粒。跟东山枇杷差不多大小的小土豆，一个个削皮后，放在铁板上加油煎炒。炒至外皮金黄焦嫩，看上去像是小面团，再加鱼腥草、葱花、辣椒等。一口吃一个，很快能吃上一碗。

夜宵又是另一番风景。利川是恩施有名的避暑地，外地游客几乎占领了所有宾馆床铺。我们费了好大周折才安顿下来。出来吃晚饭，已是晚上九点多钟，大家又饿又累。县城街道灯火通明，缺乏管制的马路上汽车横行。喇叭声、油烟排风声、广告声混在一起，烧烤、酒精与发臭垃圾的味道飘散开来。我们找了一家露天夜市。两张桌子拼起来，烤鱼、腊猪蹄、肉串、土豆片（又是土豆）一一端上来。倒上两杯梅子酒，一个美好夜晚开始了。店里陆陆续续来了许多客人。旁边桌子是一群二十出头（或许还不到二十）的年轻男女，说话声音很大，透露出县城年轻人的自信或狂妄。到深夜十二点，阵阵困意袭来。年轻人却兴致越来越高，说话声音接近吵架。阿勇结了账，叫我们赶紧离开，再喝下去就会动手。

恩施人喝酒是会动手的。他们不是打人，而是摔碗。据说摔碗酒是土家族特有风俗，喝完之后，把酒杯或碗摔在地上，特别豪爽、大气。恩施女儿城里有家饭店，专门供人喝摔碗酒。阿勇特意带我去看。偌大的大厅里，充斥着嘈杂人声。近处，一桌人正在举着瓦片碗喝酒。饮毕，一起将碗往地上摔去，发出清脆的声音，众人笑声喧哗。我才看到，满地全是碎裂瓦片。初次进入，几乎迈不开步。服务员似乎见惯这种场面，端着菜行走自如，毫不在意地将地上碎片踢开。我们坐了一会儿，还是决定找家安静的地方。摔碗酒固然是一种习俗，但是

为了摔碗而摔碗，或者说把摔碗变成一种商业行为，就失去了行为本身的意义。

土家人性格之豪迈、重情义有据可查。我有一位土家的朋友，他与一群朋友住在大理，常常以酒引睡，伴着月色奏箫吟唱，长歌当哭。在我们把喝酒当作一种应酬，越喝越文雅或者越喝越流氓的今天，这种饮酒酬唱简直有魏晋之风，散淡妩媚，却情深意浓。世人背负着功名利禄，何时才能如此潇洒、浪漫一回。

恩施人不大在城里吃饭，他们开车到郊区农家乐，一边欣赏秀丽风景，一边品尝新鲜食材。阿勇告诉我，他们老家鹤峰县，人们很少在家里做饭。通常是几家人聚在一起，今天吃这家饭店，明天吃那家农庄。其实算下来，跟在家吃差不多，但是要省事许多。我在这里所见到的饭店、农庄、夜市之多，似乎也证实这一观点。

印象最深的，是在郊外山上吃饭。站在山上，可以俯瞰整个恩施城。青山逶迤，绿树成荫，清江水从城里横穿而过，一片白云飘在城市上空。房屋被道路分割成一块块的，就像积木一般，搭建在这座群山环绕的盆地之中。饭店周围全是农田、烟叶。我们坐在一棵高大枣树下，一张露天圆桌，几张小椅子。白天的燠热天气，此刻全不见踪影。唯有凉风习习、美酒佳肴和老板娘的笑声。

『热啊干啊一碗面』

在人们熟知的面条种类中，热干面无论如何算是异类。大部分面条都是有汤汁的。即便干拌，譬如北京炸酱面、四川担担面，也是诸多汤面（粉）的配角。汤的滋味，很大程度上决定面的品质。美食家朱自治心心念念的头汤面，便是在意第一锅汤的清澈、醇正。五花八门的浇头，也是吃面或吃粉不可或缺的。热干面有点特立独行，不仅没有汤，也没有浇头。就是一碗干拌面，里面加上酸豆角、萝卜丁、榨菜条、花生米等。说简陋还是客气，简直寒碜到了极点。

第一次吃热干面，是十几年前到武汉读研究生时。食堂窗口排队最长的便是做热干面的。出于好奇，我也跟在人群后面。远远闻到一股芝麻酱浓郁的香味，腹内渐觉空虚。很快轮到我，只见两位大姐在玻璃橱窗后，一个抓起面条下到热腾腾的锅里，煮熟后再捞到一次性纸碗里。另一位则用左手手指抓起四个纸碗，右手杂耍般往里添加各种调料。那些盐、醋、酱油、糖，划过一道道弧线，准确无误地落到里面。一碗面，只需一块五，加餐具一块七。扒拉到嘴里，味道却觉怪异，面条有一股浓厚的碱味。就像它的名字，又热又干，吃几口就难以下咽。

此后很久，我都没碰过热干面。幸好武汉早点丰富，除了热干面，还有豆皮、烧卖、包子、面窝、糊汤粉、欢喜坨，不一而足。有一天早上起来，我似乎闻到一股芝麻酱的味道，毫无缘由地想念起热干面。急匆匆到路边面店，点了一碗。这一次好像味道还不错。热干面就是这样，第一次尝试，很少有人会喜欢这种强烈的味蕾刺激。但多吃几次，就会无可救药地想念，想念芝麻酱的浓香，想念碱面的嚼劲，想念萝卜干、榨菜条的酸辣，想念端着一碗面边走边吃的洒脱。

端着一碗面边走边吃，大约也是武汉独有的风景。在别的城市，你能看到人们抓着包子、馒头或杂粮煎饼，但很少有人端着面在路上吃。武汉三镇地界却随处可见，甚至很多人不习惯坐下来。即便有座位，也端着碗站在门口吃。所以盛面的碗，通常都是一次性纸碗。吃完往垃圾桶里一扔，擦擦嘴巴，揩揩头发，便又衣冠楚楚起来。武汉人习惯把吃早饭称为“过早”。热干面配豆浆自然是“过早”的首选，管饱，够味。好像不吃这碗面，这个早上便过不去、过得不舒坦。

说到早餐，地方风味差异极大。纪录片《早餐中国》有一句广告词：只需早起，就能找到故乡。长沙肉丝粉、凯里酸汤粉、汕头猪血汤、福安水煎包、西安麻花油茶、河南胡辣汤——

每一个地方早餐都不同。早餐跟一般菜肴不同，通常只流行于某个城市，甚至局限于某个县城。一份早餐几乎就是一份乡愁。武汉人如此热爱热干面，但除了湖北和河南的部分城市，别的地方很少看到热干面店。南京人饮食口味算是庞杂，但几乎没有人吃热干面。至少我没见到过。

热干面的起源有很多说法。我以为，跟码头文化脱不了关系。浩浩长江流到武汉，与汉水相遇，形成武昌、汉口、汉阳三镇隔江对峙的格局。来往商贾、码头工人在此活动。热干面因其价廉、味重、便捷，而悄然流行开来。武汉人习惯了这种过早方式，一代代传承下来，热干面成为让人欲罢不能的味觉记忆。

一个地方的饮食、气候、物产与民风似有联系。武汉人性格直爽、刚烈、泼辣，说话从不拐弯抹角，但通常没什么坏心眼。刚开始接触会不舒服，但相处时间长了就很自在，有什么说什么，不用藏着掖着，跟外地人对热干面的感觉如出一辙。

武汉人到了外地最为想念的就是那碗热干面。一些老字号已经能制作真空包装的热干面，但毕竟没有那种边走边吃的感觉。少了这种风风火火，缺了这种大大咧咧，也少了许多味道。木心先生临终前看到木心美术馆设计图纸，喃喃自语："风啊水啊一顶桥。"那些远离家乡的武汉人，也会念叨"热啊干啊一碗面"吗？

青岛路食神

鼓楼这一片是政府、企业和高校的聚集地，聚集着各种各样的饭店。高档酒店、西餐酒吧、私家菜馆、简陋的苍蝇馆子和路边摊，从不缺乏拥趸。南京的好和不好，归结于一个字——“杂”。小街小巷里老房子斑驳破旧，线路随意缠绕在违章建筑上，大街上不小心会踩上宠物狗的“杰作”。也是因其“杂”，南京人才有幸品尝到各地美食。川湘鲁、淮扬沪、鄂豫皖等地的美食，在这里和谐共处。

青岛路位于南大老校区西侧，是我们常去的一条巷子。三四百米的狭长道路两侧，开满了适合学生们消费的各式饭店。从西北风味的兰州牛肉拉面、新疆羊肉串，到西南的重庆小面、宜宾燃面、麻辣香锅，再到南京本地的酸菜鱼、黄焖鸡、牛肉锅贴，甚至还有日本料理、韩国烤肉、土耳其餐厅，以及花甲、烤翅、烤串、臭豆腐、烧饼等路边小吃，简直就是一场美食博览会。

快入冬时，我开始去南大游泳。池子里的人渐渐稀少，人在水里才能舒展开来。游了近一小时后，打开热水，冲掉一身疲乏。这时，肚子也饿了。沿着操场，从北大楼前的草坪穿过，经过金陵大学旧址。高大的银杏树下，许多人举着自拍杆。地面到处是金黄色落叶，雨后有一股潮湿清新的味道，学校积存下来不打扫，反而成了一道风景。从浓密梧桐林走过，迎面而来一群群年轻身影。

出大门，拐弯就是青岛路。夜幕降临，家家饭店招牌点亮，烧烤、油烟、酒精和香水的味道混杂着，在空气中飘荡。身边一对情侣，女的面容精致，男的轮廓分明，一看就是韩国人。他们犹豫争论许久，最终走进酸菜鱼店。外国人的口味实在难以捉摸。曾在一家小餐馆吃饭，老板殷勤询问我身边两个老外的意见，他们竖起大拇指，连连点头。其实，他们跟我吃的是同一个菜：西红柿炒鸡蛋。咸得要命，鸡蛋也不成形。以我蹩脚的厨艺，也不至于做成这个丑陋模样。

想想一个人吃饭，还是吃面最靠谱。吃面也有很多选择。这条路上就有燃面、炒面、拉面、刀削面、锅盖面、皮肚面等等，还有新疆餐馆里大盘鸡或四川菜馆剁椒鱼头里的宽面。这家重庆小面味道还不错，据说吃过，就不用再去“排队排成仙”的“孟非小面”。店里调料味道很正宗，麻辣鲜香，说是从重庆空运过来的。

重庆面店老板年轻帅气，喜欢当着客人的面训练服务员。“我们家的肥肠很好，里面一点肥肉都没有，洗得干干净净。但是呢，容易变色。所以，煎肥肠一次不能煎得太多。”“地面和桌子要时刻保持干净，客人来了第一印象很重要，做饭店最重要的是干净、体面。”说者有心，听者无意，想来也是一种宣传手段。四周墙壁上摆放着旧磁带、CD、VCD、旧书、足球、羽毛球拍等，兼做装饰和二手交易之用。学生们离校之前，一些不便和不愿带走的东西，就留在这里。

从店里出来，夜已黑透。走过爱德基金会，路旁是赫赫有名的“南大炒饭”。高峰期已过，老板娘懒懒斜坐在塑料凳上，香烟在黑暗中发出若有若无的光。无声中，自有一种淡定与从容。据说，她已经在这里炒了二十年饭。“南大炒饭”虽然只是一个临时搭建的棚子，却成为南大的一个符号。南大学生常带外地朋友到这里吃炒饭。炒饭味道如何，我没尝过，也没有发言权。坚持这么多年，自然有它的道理。愈是平淡的东西，愈是有动人力量。“只要用心，人人都是食神。”还记得《食神》中的黯然销魂饭吗？这一碗炒饭，也是南大人的“黯然销魂饭”吗？

饭店一直在这里，好在学生是流动的。等他们吃腻了，也就可以各奔前程。也许到了另一座城市，还会怀念起青岛路的“食神”，怀念这些种类繁多的小吃，怀念曾经的青春。每年九月，像是按了遥控器上的重播键，校园里出现许多稚嫩面孔。他们来到青岛路，一家一家去尝试。因此，青岛路可以永远热闹下去。

后记

记得勿忘心安

在我近四十年的生命里，如果简单以地域划分，前二十年在乡村，后面十几年在城市。我的乡村是唯一的、固定的，就像大地上的一棵树，不管风吹日晒，一直稳稳地站在大地上，除非连根拔起。而城市是飘浮的，好似轻盈的蒲公英种子，被风吹到哪里就落在哪里，种子本身并没有太多选择。

时间上的分割，不意味着记忆或生命重量的对等。我的情感、记忆天然地向前二十年倾斜。所以我开始写作时，自然而然地写下乡村的人和事，写下我的祖母、祖父、父亲、母亲，写下我的饥饿、仓皇与忧愁，写下我第一次进城、第一次经历亲人去世。沈从文一直称自己是乡下人。在城市生活近二十年后，我也有同样的感觉。好几年后，因为一家报纸约稿，我才有意识地写自己生活过的城市。

我待过的城市不算多，但在每个地方生活的时间不短，少则两年，多则七八年。我在城市里上学、恋爱、结婚，在城市里跑步、看书、喝酒。我躺在旅馆的床上，感受到城市的流动、陌生与疏离。我在湖畔跑步，看到夕阳西下，在水面上铺成一道霞光。我骑着电动车在大街小巷里穿行，看到闪烁的霓虹灯、焦急或冷漠的行人。我看到“大蛇游过武汉”，看到几近干涸的秦淮河，看到湘江边在地上挥毫的老者，也看到周庄清晨的白色薄雾。城市给了我许多，却始终是一种浮光掠影般的感受。从小的乡村经历，让我们很难从容地欣赏一场话剧、看一场音乐会、吃一顿正经的西餐。我们在这个城市没有亲人，不熟悉这里的风俗、方言，没有童年、少年的记忆，我们是城市的“新人”，是“外来者”。我们的根不在这里，我们在城市和乡村间摇摆不定，不知自己魂归何处。

不管情愿或不情愿，乡村和城市是我生命硬币的两面，缺一不可。

二十世纪八十年代出生的这代人是尴尬的。在城市化的洪流下，自愿或不自愿抛弃乡村，也被乡村抛弃。在城里生活，却很难真正做一个城里人。回到乡村，又感觉格格不入，为那种改变或不变感到悲哀。近十年来，我每次回到乡村，都有一种物是人非的感觉。我所熟悉的人渐渐凋零，我所熟悉的乡村景色、风俗渐渐衰落。如果身处其中，也许还浑然不觉，甚至为新农村建设成就而欢欣。但像我这样远离故乡，隔一年甚至两年才回来看看，对这种突兀的境况尤感触目惊心。

我喜欢读田野调查类书籍。费孝通先生的《江村经济》《差序格局》是最早从人类学视角审视中国乡村的经典著作，书中论述的秩序、伦理已经成为历史，但部分习俗依稀可见。熊培云在《一个村庄里的中国》中讲述“谁人故乡不沦陷”，梁鸿在《中国在梁庄》《出梁庄记》记录留守乡村和出走的人们。小堡村在江西，梁庄在河南，一南一北，但乡村的衰败、凋敝、落魄何其相似。我痴迷于与乡村（县城）有关的电影或纪录片，贾樟柯的《小武》《站台》《三峡好人》，徐童的《算命》《麦收》《老唐头》，陆庆屹的《四个春天》，等等，让我得以窥视乡村生生不息的秘密。我的乡村寂寂无名，但我愿意不断书写、不断触碰。对我而言，她是无法替代的。

散文集取名《勿忘心安》，源于歌手张杰的一首歌。张杰跟我同年出生，同一星座，或许经历过同样的挣扎与困惑。他在歌中唱道：不要再逗留/人心太拥挤/被混乱的游戏或是真理的命运/我自己问自己/完成到这里/到底还剩多少/不用挣扎的阴霾/只是无奈这些问题/无人交流/只好任凭生命去阻碍……一路还有汗流/梦还没有腐朽/命运到最后/记得勿忘心安。人心、生命、真理、命运，这些空洞词语经过空灵、细腻、高亢的声音演绎，让我的身体震颤，甚至让我泪流满面。

勿忘心安，更多是一种反讽。勿忘心安，哪里能做到心安？书中有篇题为《此心安处是吾乡》的散文，当时写也许是真情实意，如今看却有些矫揉造作。真诚地拷问自己：苏州，真的是我的故乡吗？我不过是近千万流动人口中的匆匆过客罢了。面对故乡、亲人，我更多的是不安。我既不能阻止故乡衰败，也无法抵抗父母衰老。为了自己的前程，为了更好的生活，我抛弃故乡，远离亲人，也让自己的灵魂无所依归。这种不安驱使着我，让我写下一个个文字，记录我所经历的人与风景。文字也是某种抚慰，为我的焦虑寻找出口，让我不安的心渐渐安定。

从不安到心安，便有了这本《勿忘心安》。